हिन्द पॉकेट बुक्स

सफ़र के साथी

सुनीता जैन हिन्दी और अंग्रेज़ी की आधुनिक कहानीकार और उपन्यासकार हैं। वे एक कवयित्री के रूप में भी प्रसिद्धि प्राप्त कर चुकी हैं। अम्बाला में जन्मी सुनीता जैन ने 'स्टेट यूनिवर्सिटी ऑफ़ न्यू यॉर्क' से अंग्रेज़ी साहित्य में एम. ए. किया था। इसके बाद उन्होंने 'यूनिवर्सिटी ऑफ़ नेब्रास्का' से पीएच. डी. की उपाधि प्राप्त की। शिक्षा और साहित्य का 'प[illegible]' अलंकरण प्राप्त करने वाली सुनीता जैन, अंग्रेज़ी और हिन्दी में बेहतरीन कविताएँ लिखतीं हैं। उनके उपन्यास, लघुकथाएँ, रचनात्मक अनुवाद और आलोचनात्मक विश्लेषण पाठकों की भरपूर सराहना अर्जित कर चुके हैं। कई पुरस्कारों और फैलोशिप उनके खाते में दर्ज हैं।

सफ़र के साथी

सुनीता जैन

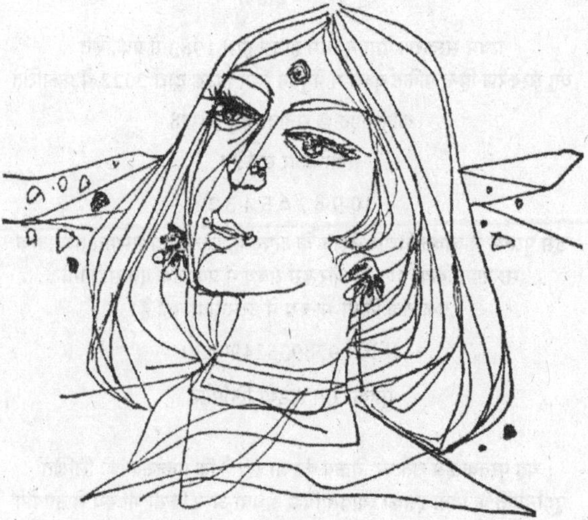

हिन्द पॉकेट बुक्स
पेंगुइन रैंडम हाउस इम्प्रिंट

हिन्द पॉकेट बुक्स

यूएसए। कनाडा। यूके। आयरलैंड। ऑस्ट्रेलिया। सिंगापुर
न्यू ज़ीलैंड। भारत। दक्षिण अफ्रीका। चीन

हिन्द पॉकिट बुक्स, पेंगुइन रैंडम हाउस ग्रुप ऑफ़ कम्पनीज़ का हिस्सा है,
जिसका पता global.penguinrandomhouse.com पर मिलेगा

पेंगुइन रैंडम हाउस इंडिया प्रा. लि.,
चौथी मंजिल, कैपिटल टावर -1, एम जी रोड,
गुड़गांव 122 002, हरियाणा, भारत

पेंगुइन
रैंडम हाउस
इंडिया

प्रथम संस्करण पेंगुइन रैंडम हाउस द्वारा 1983 में प्रकाशित
यह संस्करण हिन्द पॉकेट बुक्स में पेंगुइन रैंडम हाउस द्वारा 2022 में प्रकाशित

10 9 8 7 6 5 4 3 2

ISBN 9789353490430

मुद्रकः रेप्रो इंडिया लिमिटेड

सफ़र के साथी

"टी ! कॉफी ! !" जर्मन लड़का डिब्बे-डिब्बे आवाज़ लगाता जा रहा था।

"नीरू, कॉफी मंगवाऊं, पीओगी ?"

"नहीं कान्त ! एकदम कड़वी कॉफी है। पहले कप का कसैलापन अभी तक नहीं गया। और दांत भी तो नहीं साफ किए अभी मैंने। तुम पिओ तो मंगवा लो।'' नीरजा ने कहा।

सुकान्त ने खिड़की का शीशा उठा दिया था। हवा से नीरजा के अस्त-व्यस्त बाल इधर-उधर उड़ रहे थे। रात में ठीक से नींद भी नहीं आई थी। आंखें भी सूजी-सूजी हो रही थीं। उठते हुए बोली, "अब तो अधिक समय नहीं न 'जिनोआ' आने में ? मैं अभी आई।" सीट से अपना बैग उठाकर वह टायलेट में चली गई।

गाड़ी जर्मनी की सीमा पार कर इटली में प्रविष्ट हो चुकी थी। छोटे-छोटे, ऊंचे-नीचे इटालियन घर दोनों तरफ दिखाई दे रहे थे। हवा ठंडी थी। सुकान्त की आंखें भीग आईं। गाड़ी किसी छोटे-से स्टेशन पर खड़ी हो गई थी और उतरने-चढ़ने की रेल-पेल हो रही थी। इटली, जर्मनी और फ्रांस की भाषा का अच्छा-खासा शोर हो रहा था। सुकान्त के डिब्बे का दरवाज़ा खोलकर एक लड़की ने

झांका और फ्रेंच में ज़ोर से चिल्लाती हुई भीतर आ गई। जब तक सुकान्त ने पैर समेटे, दो और लड़कियां कन्धों पर बड़े-बड़े टूरिस्ट बैग लटकाए भीतर आ धमकीं। सामने की सीट पर फैले अपने सामान को सुकान्त ने उठा लिया और तीनों लड़कियां इधर-उधर थैले को पटक धम्म-धम्म करती सीट पर जम गई। सुकान्त कुछ खिन्न हो गया। स्विट्ज़रलैंड से यहां तक की यात्रा अच्छी कट गई थी। अब यह विघ्न उसे अच्छा नहीं लगा। यह अन्तिम डेढ़ घंटा वह नीरजा के साथ एकान्त में बिताना चाहता था। तीनों लड़कियां सैलानियों की वेशभूषा में थीं। तीनों ने काले चुस्त ज़ीन और ढीले-ढाले मोटे स्वेटर पहन रखे थे। एक ने हाथ में चमड़े का कोट उठा रखा था।

नीरजा जब लौटी तो लड़कियां बड़ी ज़ोर-ज़ोर से हंस रही थीं। नीरजा फ्रेंच भाषा नहीं समझती थी। कुछ देर बाहर देखती रही। धूप निकल आई थी और बड़ी अच्छी लग रही थी। इसी धूप के कारण इटली सैलानियों का स्वर्ग है। आज भी गाड़ी ठसाठस भरी हुई थी।

अनमनी-सी बोली, "अपने खाने-पीने का खयाल रखना···।"

"मेरी फिक्र छोड़ो तुम।"

आवाज़ में रुखाई थी। नीरजा तिलमिला-सी गई। अपनी भूल अनुभव कर सुकान्त ने कोमलता से कहा, "तुम भी खाती-पीती रहना, नीरी, नहीं तो तबीयत ज़्यादा खराब होगी। वैसे तो मौसम अच्छा है। आजकल 'सी सिकनेस' कम होती है। अधिकतर 'ओपन डेक' पर खुली हवा में रहना। खाना बड़ी जल्दी हज़म हो जाएगा।" सुकान्त चुप हो गया। जाने की बात करते अच्छा नहीं लगा। विवाह के तीन वर्षों में वे लोग कभी जुदा नहीं हुए थे।

खाना समाप्त कर तीनों लड़कियों ने सिगरेट सुलगा लिए थे। धुएं से डिब्बा भर गया। थोड़ी देर बाद एक उठकर बाहर चली

गई। लौटी तो बियर के गिलास लेकर। नीरजा देखती जा रही थी। बोली, "देखो कान्त, तीनों ने बाल कैसे रंगे हुए हैं! कितनी छोटी आयु से ये लोग रंगने लगती हैं···।"

सुकान्त ने हंसकर कहा, "कोई नई बातें थोड़े ही हैं, नीरू! तुम व्यर्थ इन लोगों के लिए परेशान होती हो। इन लोगों का कल्चर···।"

"ये तो अपनी कल्चर की विशेष प्रतिनिधि मालूम पड़ रही। हैं।" नीरजा ने बया के घोंसले जैसे उनके उठे हुए बुफे बालों की ओर देखते हुए कहा। बियर समाप्त कर कागज़ के गिलास उन्होंने डिब्बे में बनी कूड़ा डालने की टोकरी में फेंक दिए। एक लड़की अपने नाखून तराशने लगी। नेल पॉलिश और बियर की मिली जुली गंध और सिगरेट के धुएं से सारा वातावरण बोझिल हो गया था। एक लड़की अपने चमड़े के कोट का तकिया बना सोने का यत्न कर रही थी और तीसरी मुंह में अंगूठा डाल बड़ी बेफिक्री से उसे चूस रही थी। बीच-बीच में वह सुकान्त की ओर, मेकअप से अकड़ी अपनी पलकें उठाकर देख लेती। नीरजा को उसकी मुद्रा पर हंसी भी आ रही थी और क्रोध भी। देखने में सुन्दर थी वह। अठारह के लगभग रही होगी। शेष दोनों भी इसी आयु की थीं, पर कितनी प्रौढ़! न चेहरे पर लज्जा न संकोच। शरीर के अवयव बेखबरी से ढीले छोड़ उनींदी-उनींदी अंखों से वह सुकान्त को ताक रही थी, नीरजा की उपस्थिति से एकदम उदासीन।

नीरजा ने पलटकर सुकान्त की ओर देखा। वह सूटकेस में सामान, थरमस इत्यादि रख रहा था। डिब्बे के और यात्री क्या सोच रहे हैं, यह सब देखने का, परखने का उसका मूड आज नहीं था। होलडाल को सूटकेस पर जमाते हुए बोला, "कोट पहन लो नीरू! अभी पासपोर्ट की चेकिंग होगी। और ज़रा संभालकर रखना सब कागज़, यहां तो पग-पग पर दिखाने पड़ेंगे। मैंने सब

चमड़े की फाइल में लगा दिए हैं, तुम्हें दिक्कत नहीं होगी···।"

एक सिहरन-सी नीरजा की नसों में दौड़ गई। पहले-पहल उसे अनुभव हुआ कि अब उसे सब स्वयं ही करना होगा। घंटे-आध घंटे में वह सुकान्त पर निर्भर नहीं रह सकेगी। यह विचार नीरजा को ऐसे लग रहा था, जैसे सामान हटा देने पर घर। नीरजा आगे सोच नहीं पाई। बूटों की खट-खट करते जर्मन और इटालियन अफसर चले आ रहे थे—अपनी-अपनी भाषा में पासपोर्ट-पासपोर्ट करते। नीरजा को देख इंगलिश में बोले, "पासपोर्ट मैडम!'' "पास-पोर्ट प्लीज़।" सुकान्त ने अपना और नीरजा को पासपोर्ट आगे कर दिया। मोहर लगाकर दोनों अफसर चले गए। गाड़ी की चाल धीमी हो रही थी। बियर का असर था, या यात्रा की थकावट, तीनों लड़कियां एक-दूसरे से सटी बेसुध सो रही थीं।

दिन के साढ़े बारह बजे नीरजा ने 'जिनोआ' के प्लेटफॉर्म पर कदम रखा। स्विट्ज़रलैंड से इटली तक की लम्बी यात्रा से उसके शरीर का पोर-पोर दुख रहा था। और अभी तो पांच हज़ार मील की यात्रा और शेष थी—भारत तक। नीरजा को जी चाहा कि उड़कर या कैसे भी स्विट्ज़रलैंड के अपने घर में चली जाए, और खूब सोए। शारीरिक ही नहीं, उसे मानसिक थकान भी थी, जो उतरती ही नहीं थी।

दो बजे नीरजा का जहाज़ प्रस्थान करेगा। सुकान्त को स्टेशन की भीड़-भाड़ में से निकल 'डॉक' पर पहुंचने की जल्दी हो रही थी। दोनों हाथों में सामान उठाए वह अपने लिए जगह बनाता चला जा रहा था, और नीरजा उसके साथ-साथ चलने की भरसक चेष्टा कर रही थी। पर इटली इटली है। भारत की तरह घना आबाद। नीरजा बार-बार पीछे रह जाती, और सुकान्त को रुककर उसकी प्रतीक्षा करनी पड़ती।

किसी तरह गेट पार कर सड़क पर आए। सुकान्त को इटा-

लियन भाषा नहीं आती। फिर भी पोर्टर बात समझ गया और टैक्सी बुला लाया। उसमें सामान भी रख दिया। नीरजा जिनोआ पहली बार आई थी; पर टैक्सी इतनी तेज़ चली जा रही थी कि शहर देख पाना सम्भव नहीं था। डॉक पर अपेक्षाकृत कम भीड़ थी। 'विक्टोरिया' जहाज़ लेने वाले सब एक क्यू में खड़े थे। जहाज़ पर चढ़ने के उनके आज्ञापत्र तैयार हो रहे थे। आवश्यक कागज़ नीरजा को संभलवा सुकान्त सामान को ठीक से पहुंचवाने के लिए आगे चला गया। नीरजा अपने-आपको खोया-खोया-सा महसूस कर रही थी। सुकान्त को वह अपने पास से हटने देना नहीं चाहती, पर अब यह उसकी पहुंच से बाहर की बात थी। दैत्याकार जहाज़ जाने को खड़ा था और नीरजा को जाना ही होगा। सुकान्त उसकी ओर पीठ किए था। नीरजा का मन हो आया कि सुकान्त से बहुत-सी बातें करे, क्षमा मांग ले या लौट ही चले; पर नहीं कह सकी। यात्रियों से जहाज़ में जाने की प्रार्थना हो रही थी। हाथ पकड़कर सुकान्त उसे ले चला।

डेक पर भारतीय ही भारतीय चेहरे दिखाई दे रहे थे। नीरजा को आश्चर्य हो रहा था इतने सारे देशवासी देखकर। उसे इक्का-दुक्का भारतीय ही देखने की आदत थी। ध्यान ही नहीं आया कि विक्टोरिया जहाज़ कराची और बम्बई जा रहा है, तभी पाकिस्तानी और हिन्दुस्तानियों की बहु-संख्या है। सुकान्त ने ऊपर पहुंचकर कहा, "तुम्हारा केबिन 'बी' डेक पर है। चलो, पहुंचा दूं।" कहां-कहां से चढ़ते-उतरते, रास्ता पूछते, दोनों दो सौ दस केबिन के बाहर पहुंचे। चाभी दरवाज़े में ही लगी थी। खोलकर सुकान्त भीतर गया। तभी पोर्टर नीरजा का सामान लिफ्ट से ले आए। करीने से सब सामान लगवा सुकान्त ने कहा, "केबिन तो अच्छा मिल गया नीरजा! तुम्हें सुविधा रहेगी।" नीरजा पहली बार समुद्री यात्रा कर रही थी। असमंजस से अपने केबिन को देखकर बोली, "बहुत

छोटा-सा है।"

सुकान्त को उसके भोलेपन पर हंसी आ गई। बोला, "यह तो 'सिंगल' केबिन है नीरू! नीचे के डेक में इतने ही स्थान में चार-चार यात्री हैं। अच्छा लो, ये चाभियां, यह पासपोर्ट और यह ट्रैवलर्स चैक पांच हज़ार रुपये के। जब चाहो, ऊपर शिप में कैश हो जाएंगे। बम्बई में बैंक में भुनवा लेना। देहली पहुंचकर लिख देना और रुपये भेज दूंगा। नीरू, मांजी से, बच्चों से सबसे मेरी नमस्ते कहना। अपना खयाल रखना।"

नीरजा स्तब्ध-सी बैठी थी। सुकान्त का स्वर भर्रा आया था। वह पोर्ट होल से बाहर देखने लगा। आकाश साफ था, कहीं बादल का चिह्न नहीं था। 'किसी चीज़ की आवश्यकता हो तो यह घंटी है, यहां। दबा देना। मांगने पर नाश्ता, खाना इत्यादि भी केबिन में ही आ जाएगा।" नीरजा एकटक सुकान्त की ओर देख रही थी और सुकान्त ठीक से रखे सामान को सरकाने में अपना ध्यान केन्द्रित किए था। नीरजा की ओर वह देखना भी नहीं चाहता था। तभी गलियारे का लाउडस्पीकर बोल उठा। जहाज़ छूटने में दस मिनट शेष थे। ओवरकोट पहनते हुए सुकान्त ने कहा, "हर पोर्ट पर डाक निकलती है, और आती है। कुशल-समाचार देती रहना···।" सुकान्त से खड़ा नहीं रहा गया। दरवाज़ा पैर से ठेलकर खोल दिया उसने। नीरजा हकबकाकर उठ खड़ी हुई। बोली, "जा रहे हो अभी से···?"

"हां नीरू, दूसरी सीटी हो रही है। रास्ता ढूंढ़ने में समय लगेगा। तुम चिन्ता नहीं करना। बम्बई कोई न कोई लेने आएगा।" नीरजा ने हाथ बढ़ाया, जैसे सुकान्त को रोक लेगी, तभी स्टूवर्ड आ गई। बोली, "जल्दी जाइए, समय हो गया···।" स्टूवर्ड के साथ सुकान्त भी चला गया। जाते-जाते बोला, "केबिन कभी खुला नहीं छोड़ना नीरू! पासपोर्ट भी संभालकर रखना।···" नीरजा होंठ

काटकर रह गई। क्या सोचेगा सुकान्त कि दो शब्द भी नहीं बोली उससे। ऊपर विदा का बैण्ड बजने लगा तो नीरजा उठी। केबिन बन्द करते समय उसके हाथ कांप रहे थे। कॉरीडोर में अजब-सी उमस थी। नीरजा को मार्ग नहीं मिल रहा था ऊपर पहुंचने का। कॉरीडोर पर कॉरीडोर निकलता चला आ रहा था। सब स्टूवर्ड और सैलानी-यात्री पहले ही ऊपर जा चुके थे। जब तक नीरजा सीढ़ियों तक पहुंची, जहाज़ डगमगाने लगा था। अभ्यास न होने से वह गिरते-गिरते बची। ऊपर पहुंची तो जहाज़ मन्थर गति से डॉक छोड़ रहा था। रंग-बिरंगे रिबन टूटकर पानी में गिर रहे थे। डॉक पर विदा देने वालों की भीड़ में नीरजा की आंखें सुकान्त को खोज रही थीं। क्षण-भर को दिखाई दिया, फिर नीरजा की दृष्टि धुंधला गई। उसका उठा हाथ नीचे गिर गया। सुकान्त ओझल हो गया था। ठीक वैसे, जैसे 'ललायड ट्रिसटीनो' का जहाज़ 'विक्टोरिया' नीरजा को लेकर दिशा में खो गया था।

बैण्ड के बन्द होते ही सब यात्री इधर-उधर चले गए। कुछ अपने कमरों में, कुछ शायद खाना खाने। नीरजा ने सुबह का नाश्ता भी नहीं किया था और अब भी उसे भूख नहीं थी। वह वहीं खड़ी रही रेलिंग पकड़कर। दूर-दूर तक फैले हरे-नीले समुद्र को देखती रही। हर ओर शान्ति थी। नीचे झांकने पर केवल चलते हुए जहाज़ से पानी कटने का शब्द हो रहा था।

खड़े-खड़े नीरजा के पैर दुख चले। तेज़ हवा चल रही थी, फिर भी धूप के कारण कोट में उसे गर्मी लग रही थी। धीरे-धीरे लौट चली। कवर्ड डेक में कुछ आरामकुर्सियां पड़ी थीं। बीचोबीच टेनिस की मेज़ रखी थी। उन्हीं में से एक कुर्सी पर नीरजा जा बैठी। एक-एक कर डेक खाली हो गया। खाने की घण्टी बज रही थी। नीरजा वैसे ही बैठी रही। एकान्त उसे बड़ा भला लग रहा था। वह कुछ सोच नहीं पा रही थी, सोचना चाहती भी नहीं थी। स्वयं

से उसे डर लगने लगा था। एक स्टूवर्ड उधर से निकला तो नीरजा को बैठे देख बोला, "नीचे लंच हो रहा है, आप डाइनिंग रूम में जाइए।"

"मेरी तो अभी खाने की इच्छा नहीं है।"

"तो भी आप जाइए, आज कार्ड बनेंगे, खाने की मेज़ों पर नम्बर लगेंगे।'' स्टूवर्ड ने रुखाई से कहा।

डाइनिंग रूम का रास्ता पूछ, नीरजा नीचे चली आई। कार्ड लेकर बाहर आई तो परेशान-सी हो गई। केबिन का नम्बर तो भूल गई थी वह। चाभी हाथ में थी, पर उसपर नम्बर नहीं लिखा था। नीरजा को झल्लाहट हो रही थी। साथ ही अपनी मूर्खता पर हंसी भी आ रही थी। पास से एक सूटधारी युवक जा रहा था। बोली, "सुनिए, यहां कोई पूछताछ की जगह भी है क्या?"

युवक खड़ा हो गया-सहज-भाव से मुस्कराकर बोला, "जी हां, उस तरफ है। चलिए, मैं ले चलूँ। कुछ काम है क्या? आप परेशान नज़र आती हैं।"

"जी! हां! मैं अपने केबिन का नम्बर भूल गई हूँ। डेक तो 'बी' है, ज़रा पता करना था।" उसे लज्जा आ रही थी कि यह भी सोचेगा, अजब मूर्ख लड़की है।

"अपना नाम बता दीजिए, मैं अभी पता लगाए देता हूं।" उसने कहा।

"नीरजा वर्मा।"

रिसेप्शन डेस्क पर जाकर वह बोला, "नीरजा वर्मा का केबिन-नम्बर बताइए कृपा कर।"

"दो सौ दस।" रिसेप्शन क्लर्क ने सामने लगी लिस्ट देखकर कहा।

"धन्यवाद," कह नीरजा जाने लगी तो वह बोला, "मेरे साथ आइए, मुझे भी उधर से ही जाना है, 'सी' डेक में।"

अपने केबिन के सामने पहुंच नीरजा फिर से कृतज्ञता प्रकट करने लगी तो वह हंसकर बोला, "यह सब क्यों? आप तो अपने देश की हैं। मुझे धीरज मेहता कहते हैं। आवश्यकता हो किसी चीज़ की तो संकोच नहीं कीजिएगा। मैं 'सी' डेक पर एक सौ चार नम्बर में हूं।"

धीरज से विदा ले नीरजा अपने केबिन में चली गई और कपड़ों समेत बिस्तर पर जा लेटी। वह कुछ सोचना नहीं चाहती थी। सामान पर नज़र डाली। उसका देहली का पता बड़े-बड़े अक्षरों में लिखा हुआ था। 'देहली, इण्डिया' लिखा देख नीरजा के सूखे होंठों पर मुस्कान फैल गई। देहली में भैया मिलेंगे, मां है, भाभी है, पापा और ढेर सारे सम्बन्धी। विवाह के बाद प्रथम बार नीरजा घर लौट रही थी। विवाह की सोचते ही उसे याद आया वह दिन, जब एक ज्योति षीजी को मां कहीं से पकड़ ले आई थी। नीरजा को बहुत शौक था हाथ दिखाने का। सबसे पहले उसीने हाथ दिखाया था। और बहुत-सी बातें बता ज्योतिषी ने कहा था, "बिटिया के हाथ में विदेश-भ्रमण की रेखा है।" सुनकर नीरजा खिलखिलाकर हंस पड़ी थी। हंसकर अंग्रेज़ी में बोली थी, "बड़े पहुंचे हुए मालूम पड़ते हैं। भैया से कहेंगे, तरक्की जल्दी ही होगी; भाभी से कहेंगे, लल्ला होगा; मां से कहेंगे, साक्षात् देवी हो, ताकि दक्षिणा अच्छी मिल जाए।" पता नहीं ज्योतिषीजी अंग्रेज़ी समझे कि नहीं, पर वह बचपने की उम्र थी, और नीरजा बहुत चंचल थी। हाथ दिखा कर भाग गई थी, खिलखिलाती हुई। कितनी सच बात कही थी उस गुमनाम ज्योतिषी ने! महीना-भर बाद ही तो वह हवाई जहाज़ में बैठ अमरीका पहुंच गई थी—सात समुद्र पार।

नीरजा को याद है वह दिन, जब भैया अपने एक पुराने सहपाठी को घर लाए थे और शोर करते हुए बोले थे, "आओ भई, तुम्हें सुकान्त वर्मा से मिलाऊं। अमरीका रिटर्ण्ड, एम० ई० फर्स्ट क्लास,

मेरे साथ पढ़ता था खड़गपुर में। अब तो बड़ा आदमी हो गया है, अमरीका हो आया है।" नीरजा को हंसी आ गई थी तब सुकान्त की परेशानी देख। फिर तो घण्टा-भर में ही सुकान्त सबसे ऐसा घुल मिल गया था कि वर्षों का परिचित हो। उसके किसी-किसी शब्द के उच्चारण को लेकर नीरजा ने व्यंग्य भी किया था कि आप तो चार वर्ष अमरीका रहकर मातृभाषा भूल ही गए लगते हैं। और आरक्त होते हुए सुकान्त ने कहा था, "नहीं, यह बात नहीं है। कुछ आपको देख मेरी बोलती बन्द हुई जा रही है।" भेंप के मारे नीरजा कुछ नहीं कह सकी। सुकान्त बीस दिन का अवकाश लेकर भारत लौटा था। भैया ने पूछा, "यहीं सैटल' क्यों नहीं हो जाते? नौकरी तो यहां भी अच्छी मिल जाएगी!" सुकान्त ने उत्तर दिया था, "यहां है ही कौन हरीश! मां का बचपने में ही स्वर्गवास हो गया था। पिता मेरे अमरीका जाने के दो साल बाद गुज़र गए। भाई हैं एक। वैसे वहां तबीयत लगी हुई है। दो-एक साल और रहूंगा। भारत तो निश्चित रूप से बसना है ही।"

सुकान्त दो-एक बार और आया, और पता नहीं मां तथा भैया ने कौन-सी जुगत लगाई कि जाने से तीन दिन पहले नीरजा सक्सेना नीरजा वर्मा हो गई। नीरजा के कारण सुकान्त को अपनी छुट्टियां बढ़ानी पड़ीं। नीरजा का पासपोर्ट, बीसा बनते पन्द्रह दिन और लग गए।

कितने सुखद थे अमरीका के वे दिन! दीवार की ओर करवट लिए नीरजा सोच रही थी। कितनी प्रसन्न थी वह सुकान्त-सा पति पाकर!

सुकान्त सुबह आठ बजे नाश्ता कर दफ्तर जाता और शाम पांच बजे लौटता। इस बीच नीरजा बाज़ार, पुस्तकालय का एक चक्कर लगा आती। सजी-सजाई बड़ी-बड़ी दुकानें देख बड़ी प्रसन्नता होती उसे। दुकानें भी क्या थीं शिकागो की, मानो पूरा

का पूरा बाज़ार एक में समा गया हो। पहली मंज़िल पर साग-सब्ज़ी, आटा-दालें, मक्खन मिलता तो दूसरी पर बर्तन, कालीन, स्टोव, प्रेस और तीसरी मंजिल पर कपड़े बच्चों के; चौथी पर ज़नाने, मर्दाने; पांचवीं पर खिलौने, मेज़-कुर्सी, सोफे, पलंग और छठी पर भगवान जाने क्या-क्या! सिनेमा के टिकट से लेकर मोटर-कार तक सभी कुछ तो एक ही दुकान में मिल जाता। 'विण्डो शॉपिंग' और उपन्यास पढ़ना यही दो सबसे प्रिय कार्य थे नीरजा के उन दिनों। कभी-कभी वह अपनी अमरीकी सखियों को चाय-कॉफी पीने बुला लेती, कभी उनके यहां आमन्त्रित रहती। सन्ध्या को वह जी-जान से बढ़िया-बढ़िया सालन तैयार करती। कितनी लालायित रहती वह सुकान्त से प्रशंसा के एक-एक बोल के लिए! खाने की मेज़ के बीचोबीच फूल सजाती, चाहे वह एक ही फूल क्यों न होता। अमरीका में फुल उतने ही महंगे थे, जितना भारत में फल। और जब सुकान्त की कार रुकती तो वह सब काम छोड़ दरवाज़ा खोलने भागती, और सुकान्त के लाख बचाते लिपस्टिक का बड़ा-सा चिह्न उसके गालों के आसपास बना देती। कभी-कभी सुकान्त झल्ला पड़ता, "नीरू, मेरे बिज़नेस सूट तो खराब न किया करो!" और नीरा हंस देती, "तो तुम्हारे दफ्तर में सब कुंवारे हैं क्या, जो लजा जाएंगे ज़रा-सी लिपस्टिक देखकर?"

शनिवार और रविवार की छुट्टी को सुकान्त नीरजा को दूर-दूर तक घुमाकर लाता—वाशिंगटन, नियागरा फाल, न्यूयार्क, कैलिफोर्निया, राकी माउंटेन्स—सभी जगह सुकान्त उसे ले गया था। सारी-सारी शाम गाड़ी चलाता। रात को किसी 'मोटल' में सो रहते। ये 'मोटल' भी अपनी तरह के एक ही हैं अमरीका में। जहां चाहो रुक जाओ, सोने-भर को। हर जगह मोटल हैं। सुबह गाड़ी स्टार्ट करो, चल दो। एकदम भारतीय सराय या धर्मशाला की तरह। केवल इन मोटलों में सोने को नर्म बिछावन और नहाने

को गर्म पानी रहता था।

दिन रहते वे लोग घूम-घूमकर देखते। किसी भील या नदी के किनारे खाना खाते और सांझ होते ही चल देते वापस। सप्ताह के और दिन दफ्तर से लौट सुकान्त खाना खाकर नीरजा को पिक्चर दिखाने ले जाता। लेकिन शिकागो अच्छी जगह नहीं थी। अधिक रात गए बाहर रहने का साहस एकाएक नहीं होता था। नीरजा को पहले-पहल जब सुकान्त ने बताया था कि यहां 'काइम' बहुत है तो नीरजा को विश्वास नहीं आया था। उसे तो यही मालूम था कि अमरीका में सड़कों पर अखबार इत्यादि रखे रहते हैं, खरीदार स्वयं पैसे डालकर उठा लेते हैं। उसे विश्वास आया तब, जब उसने दैनिक पत्र में आए दिन की चोरी, लूट-खसोट और बलात्कार की खबरें पढ़ीं। इतने धनाढ्य देश में भी ऐसा होता होगा, उसने नहीं सोचा था। पिक्चर देखकर लौटते तो सुकान्त कार के शीशे चढ़ाकर दरवाज़े अच्छी तरह बंद कर लेता। नीरजा को अकेले जाते समय ज़ेवर इत्यादि पहनने की भी सख्त मनाही उसने कर रखी थी।

जब कभी वे सिनेमा नहीं जाते, तब घर पर ही ताश या और कोई गेम खेलते, अथवा मित्रों, सम्बन्धियों को पत्र लिखते। सुकान्त बहुधा ऑफिस से आते समय उसके लिए चॉकलेट, सेण्ट या ऐसी ही कोई छोटी-मोटी चीजें लाता रहता; पर नीरजा को परेशान भी बहुत करता था। बिना माता-पिता का स्नेहशील लड़का सुकान्त, और भरे-पूरे परिवार की शर्मीली लड़की नीरजा, आरम्भ में तो हाथ लगाए मैली होती थी। स्वयं तो कितनी भी छेड़छाड़ कर लेती, पर जहां सुकान्त ने हाथ बढ़ाया, वह सिमटती चली जाती। उसके सांवले रंग पर लाज के डोरे बैंगनी 'स्वीट पी' का फूल हो जाते। कभी-कभी नीरजा झल्लाती, "हटो भी, कान्त, बहुत तंग करते हो।" और सुकान्त हंसकर बड़े भोलेपन से पूछता, "नीरू, मैं तुम्हें

प्यार करता हूं न? आई मीन, लव करता हूं न? तो मुझे तो स्वयं को व्यक्त करने का एक यही तरीका आता है, भारतीय तरीका।" नीरजा सुनकर रज़ाई में छुपी जाती, पर सुकान्त नीरजा को तब तक गुदगुदाता, जब तक उसकी लज्जा हंसी में परिणत नहीं हो जाती और हंसी कामना में। नीरजा की लज्जा और अपनी इच्छा को लेकर वह बहुत-सी दार्शनिक बातें कहा करता था। एक बार उसने कहा था, "तुम इतना घबराती क्यों हो मुझसे, नीरू? यह तो जीवन का सबसे बड़ा, सबसे सुन्दर सत्य है। दो प्राणों को जोड़ने वाली कड़ी···।" हारकर नीरजा ने कहा था, "अच्छा बाबा, रहने भी दो। कर्म से इंजीनियर और जाति से 'वुल्फ' (भेड़िया) हो ही। अब फिलासफर भी बनने लगे···।"

नीरजा को यह सब याद आ रहा था। अपनी छोटी-सी बर्थ पर लेटे उसे सर्दी लग रही थी। अमरीका से हट उसे स्विट्ज़रलैण्ड याद आ गया। यहां सुकान्त की फर्म की नई ब्रांच खुली थी, और फर्म ने ब्रांच मैनेजर बनाकर उसे भेजा था। इधर सुकान्त की तरक्की हो गई थी, उधर सुकान्त के ही शब्दों में उनकी 'लव-लाइफ' में एक फूल खिलने जा रहा था। स्विट्ज़रलैण्ड का उनका वह घर सुन्दर ही नहीं, बहुत सुन्दर था। खुले-खले पांच कमरे और सामने बड़ा-सा लॉन, जिसमें सेबों के पेड़ ही पेड़। नीरजा जब भी अपनी बगीची का सेब तोड़ती, उसे अमरीका के अपने घर का मकान मालिक पीटर लगरासो याद आ जाता। कितने ही सेब खिलाए थे उसने नीरजा को। पोर्च की सीढ़ी पर वह बैठ जाता और 'नीरा! नीरा!' कह नीरजा को बुला लेता। वह आती तो अपनी मैली पैंट की जेब से लाल-लाल ताज़े सेब पोंछ-पोंछकर उसे देता और कहता "ईट नीरा! ईट! एपल गुड! मेक यू ब्यूटीफुल!" नीरा को हंसी आ जाती। सेब खिलाते-खिलाते वह धीरे से कहता, "यू लवली गर्ल नीरा! बिग आईज़!" और नीरजा कहती "पीटर,

हाउ इज़ मेरी टू डे ?" तो वह सकपका जाता। नीरजा का हाथ पकड़ कहता, "टैल नॉट मेरी, आई ब्रिंग एपल, शी नॉट गुड, रीयल माईज़र।" (मेरी से नहीं कहना, मैं सेब लाया था। वह अच्छी औरत नहीं। पक्की कंजूस है)। पीटर लगरासो को नीरजा कभी भूल नहीं सकती। पैंसठ वर्ष का गोल-मटोल पीटर, चांद हर समय चमकती रहती थी। मैले कपड़े देख एकाएक यकीन नहीं होता था कि साउथ लेन के इन चार बड़े मकानों का वह स्वामी है। अपनी गाड़ी में वह दूसरे-तीसरे दिन आता और लॉन में पानी दे जाता, सफाई कर देता। वहीं सीढ़ियों पर बैठ, बड़ा-सा चुरुट पीते हुए उसने एक दिन अपनी कहानी सुनाई थी नीरजा को। इटली के एक बैरे की सात सन्तानों में सबसे छोटा था पीटर। अभाव और गरीबी से घबराकर वह भाग खड़ा हुआ था और एक व्यापारी शिप में छुपकर अमरीका पहुंचा था, अर्धशताब्दी पूर्व। अमरीका में होटलों में बर्तन मांजने से लेकर मकानों की सफेदी तक का काम उसने किया। धीरे-धीरे एक मकान खरीदा। उसे बेचकर दो और ले लिए। अब तो किराये की आमदनी थी, पर इटली की उसे बहुत याद आती थी। वह वहां जाना चाहता था, पर मेरी, उसकी पत्नी जाने के लिए उसे पैसे देना नहीं चाहती थी। सुनाते-सुनाते पीटर की आंखें भीग गई थीं। नीरजा को हाथ सहलाते हुए बोला था अन्त में, "यू लाइक डॉटर। आई हैव नो किड्स, यू स्वीट लाइक इतालियन गर्ल।" (तुम मेरी बेटी की तरह हो। मेरे अपने बच्चे नहीं हैं। तुम इटालियन लड़कियों की तरह सुन्दर हो)। नीरजा को मेरी का छोटी-छोटी दाढ़ी-मूंछ वाला चेहरा याद हो आया। उसे बड़ी करुणा आती पीटर पर। कभी-कभी वह उसे गर्म-गर्म कॉफी पिलाती। बड़े दिन पर उसने पीटर को चुरुट का एक बढ़िया डिब्बा भी दिया था। इतने दिन बाद भी उसे पीटर की याद से रोना आ गया।

शायद इसीलिए नीरजा को स्विट्ज़रलैण्ड अच्छा नहीं लगा

था। अजब-से रूखे-रूखे लोग थे। एक बार किसीने कहा था, पहाड़ी लोग बहुवा खामोश हुआ करते हैं। नीरजा का घर तो बहुत सुन्दर था, पर बस्ती भरी दोपहर में भी वीरान लगती थी। शहर से जरा हटकर थी उनकी बस्ती। इसीसे चहल-पहल नहीं थी। कभी-कभी स्कूल जाते बच्चे या सैर को जाती स्त्रियां दिखाई दे जातीं। अन्यथा रविवार को ही सड़कों पर सुबह चर्च जाने वालों की चहल-पहल दीखती। नीरजा को शुरू-शुरू में जर्मन या फ्रेंच भाषा भी नहीं आती थी। इसी से उसकी मित्रता किसी से नहीं हो पाई। जर्मन तो उसने गुज़ारे लायक सीख ली, पर फ्रेंच उसके दिमाग में ही नहीं बैठती थी। नई जगह थी, सुकान्त को भी कितना काम रहता था। दफ्तर से आता था, थक जाता था। और नीरजा की भी तबीयत ठीक नहीं रहती थी। दिन-भर उसकी तबीयत उकता जाती थी बेकार बैठे-बैठे। तब सुकान्त ने एक योजना बनाई, छोटी-सी नर्सरी बनाने की। पांच में से एक कमरा छांटकर उसने उसे हलके गुलाबी रंग से रंग दिया। बोला, "यहां हमारी फूल-सी बच्ची रहेगी आकर। एकदम गुलाबी होगी वह भी···।"

"नहीं, हंस-सा राजकुमार रहेगा यहां, एकदम गोरा होगा।" नीरजा ने प्रतिवाद किया। अब तो नीरज़ा को काम मिल गया। जब भी डॉक्टर को दिखाने शहर जाती, ढेरे-सा समान खरीद लाती। सफेद जाली के पर्दे, छोटा-सा बेबीकाट एक बग्घी, सुन्दर-सा बिस्तर, नीली रज़ाई, सफेद कम्बल और ढेर के ढेर फ्रॉक, बिब, जुराब। नीरजा दिन-रात स्वप्न देखती अपने सुकुमार बेटे के, जिसकी आंखें नीरजा-सी, नाक सुकान्त-सी, रंग दूध-सा, होंठ पंखुरी-से होंगे। उसके तन-प्राणों पर एक छोटा-सा बच्चा छा गया था, जो 'मम्मी-मम्मी' करेगा, ठुनक-ठुनक चलेगा। सुकान्त भी नीरजा की प्रसन्नता देख नर्सरी सजाने में उसकी भरसक सहायता करता। लाइब्रेरी से 'चाइल्ड केयर' पर पुस्तके लाकर उसे पढ़-पढ़कर

सुनाता।

फिर दोनों में झगड़ा हो गया एक दिन। सुकान्त लड़की चाहता था। उसका नाम होगा रुचिरा वर्मा। नीरजा लड़का चाहती थी। नाम होगा शिशिर वर्मा। और फिर शर्तें बद गईं। लड़का होगा तो जीत नीरजा की, सुकान्त हीरे का नेकलेस ला देगा। लड़की होगी तो जीत सुकान्त की, वह कितना भी प्यार मांगे, नीरजा कभी न नहीं कहेगी···सुकान्त की शर्त स्वीकार करते सुकान्त को सोफे पर धकेल वह भाग गई थी अपनी नर्सरी में, अपने शिशिर-रुचिरा की नर्सरी में।

नन्हे राजकुमार और परियों की रानी के आगमन में अभी तीन महीने बाकी थे। इधर स्विट्ज़रलैण्ड क्रिश्चियन दुल्हन-सा हो गया था। शुभ्र श्वेत। नीरजा खिड़की से देखती तो देखती रह जाती। बर्फ उसने अमरीका में भी देखी थी, मगर ऐसी नहीं। इतनी सफेद कि आंखों में चुभन-सी होती। पहाड़ बर्फ के बोझ से झुके जा रहे थे, सड़के पट गई थीं। जब धूप खिलती थी तो प्रकृति की वह सुन्दरता देखी नहीं जाती थी। नीरजा को अकेले रहना अब खलता नहीं था। उसके शरीर में जो छोटा-सा शरीर था, उसकी दिन-दिन बढ़ती हलचल उसको एकान्त का भान ही नहीं होने देती थी। और जहां इतनी सुन्दरता हो, वहां मन में भी अपार शान्ति बस जाती है। कभी-कभी उसे लगता, शायद इसी सौन्दर्य के मूक पान से यहां के लोग अघा गए हैं। और उन्हें अधिक बोलने, मिलने-जुलने की इच्छा नहीं होती। केवल मुस्कराकर अभिवादन कर आगे बढ़ जाते हैं।

और तभी उसकी बस्ती में भी चहल-पहल आरम्भ हो गई। सैलानियों से भरी बसें, नई-नई कारें हर ओर दिखाई देने लगीं। ढेर के ढेर अमरीकी टूरिस्ट आ रहे थे। सुकान्त ने एक दिन घर लौटकर कहा, ''चल नीरी, तुझे भी विश्व-प्रसिद्ध स्विट्ज़रलैण्ड का

स्किइंग फैस्टीवल दिखा लाऊं। मैंने तीन दिन की छुट्टी ली है, सेण्ट मौरित्ज चलेंगे।" नीरजा ने आपत्ति की, "मुझे शर्म लगती है कहीं आते-जाते।" "क्यों? शर्म की क्या बात है? मुझे तो गर्व होता है तुम्हें देखकर। अरे भाई, कोई चोरी है क्या? चलो-चलो, कोट पहन लेना। कोई समझेगा, हिंदुस्तानी लड़की मोटी है, एकदम 'सिलिण्ड-रिकल'। इसीलिए तो मैं कहता हूं, साड़ी इज़ ए वण्डरफुल ड्रेस। औरतों के सब डिफेक्ट्स छुप जाते हैं। ये गोरी लड़कियां भी साड़ी पहनने लगें तो इन्हें पति ढूंढ़ने में इतनी मेहनत न करनी पड़े। अनविज़ीबल इज़ मोस्टली अट्ट्रै क्टिव (जो अदृश्य है, प्रायः सुन्दर लगता है)।" और नीरजा ने खीझकर उसे च्यूंटी काट ली थी। "चुप भी रहोगे या टर्र-टर्र! औरतों को लेकर हर समय तुम्हारी तो लार ही टपकती रहती है सुकान्त!"

"औरों को देखकर नहीं, केवल तुम्हें देखकर नीरा डियर!" सुकान्त ने कहा था।

नीरजा ने बेचैनी से करवट बदली। वह क्यों गई स्किइंग देखने? नीरजा का सिर दुखने लगा था, जी मिचला रहा था। जहाज़ भी मानो अधिक डोल रहा था। नीरजा को फिर से याद आ गई वह घड़ी, जब सुकान्त की बांह का सहारा ले वह बर्फ से ढकी चढ़ाई चढ़ रही थी, धीरे-धीरे, नपे-नपे कदमों से। चारों ओर मोटे-मोटे लाल, पीले, नीले स्वेटर पहने लोग स्की कर रहे थे—इतनी तेज़ी से कि देखकर डर लगता था। और तभी···और तभी सब समाप्त हो गया। नीरजा बर्फ पर फिसलती चली जा रही थी···होंठों में जीभ जकड़ गई थी और कण्ठ में एक शब्द···सुकान्त! सुकान्त! ···सु···!

होश आया तो चारों ओर सफेद-सफेद दीवारें और दवाइयों की गन्ध। हाथ हिलाया तो पीड़ा से तड़प गई थी वह। लकड़ी से बंधा था उसका हाथ। ऊपर से लटकती बोतल की नलियां सुइयों

की तरह उसके हाथ में चली गई थीं और फिर अंधेरा ही अंधेरा। दूर कहीं कोई बच्चा चिल्ला रहा था शायद। आंखें फिर यत्न करके खोलीं। सुकान्त का धुंधला-सा चेहरा दिखा, उस पर झुका हुआ था। भीगा था उसका चेहरा। कुछ कह भी तो रहा था वह, "नीरा! नीरा! माई डियरेस्ट! माई लव!'' बड़ी कठिनता से नीरजा ने कहा था, "सुकान्त! यह अस्पताल है क्या?'' और उसका माथा सहलाकर व्यग्रता से सुकान्त ने कहा था, "हां नीरा, हां। लाख-लाख शुक्र है, तुम्हें होश आया है।'' और एक ही झटके में उसे पूरा होश आ गया जैसे। चारों ओर देखती हुई बोली, "मुझे दिखाओ सुकान्त, शिशिर कहां है, रुचिरा है क्या? लाओ न!" और सुकान्त उठकर बाहर चला गया। नीरजा प्रतीक्षा करते-करते फिर सो गई थी। चेतन हुई तो सफेद कोट पहने डॉक्टर हेफंली उसकी नब्ज़ पकड़े खड़े थे। नीरजा अभिवादन में मुस्करा दी। शान्त स्वर में डॉक्टर ने पूछा, "कैसा लग रहा है मिसेज़ वर्मा?" "हाथ में दर्द है, डॉक्टर! हिला नहीं सकती। यह क्या लगाया है?"

"कुछ नहीं, इण्टरावीनस फीडिंग हो रहा था। मैं अभी निकाले देता हूँ। इसकी आवश्यकता नहीं अब।" नीरजा जो पूछना चाह रही थी, वह कह नहीं पा रही थी। डा० हेफेली स्वयं कुछ बता नहीं रहे थे। हाथ से नली खींची तो नीरजा दर्द से चीख पड़ी थी। हेफेली बोले, ''अब सो जाओ। आराम की ज़रूरत है।"

"लेकिन डॉक्टर, मेरा बच्चा?"

"तुम्हारे लड़का हुआ था। तुम सो जाओ।" नीरजा की चेतन-शक्ति जवाब दे गई तभी। शायद नींद का तेज़ इंजेक्शन दिया था डॉक्टर ने।

फिर तो सुकान्त ने ही बताया था कि शिशिर आया था। देखने में ठीक वैसा, जैसा नीरजा कहती थी। और वह चला गया।

एक ही शब्द कहा सुकान्त ने—'प्रीमेच्योर'। सुकान्त रो रहा था, जैसे आंसुओं पर उसका बस नहीं। नीरजा के हाथ अपने होंठों पर दबाए सिसक रहा था सुकान्त। और नीरजा, वह रो नहीं रही थी; बस, देख रही थी सुकान्त की ओर। और सुकान्त भी जैसे उसे दिखाई नहीं दे रहा था। बोल भी नहीं रही थी कुछ। सुकान्त कह रहा था, "मुझे माफ कर देना नीरा! मैं ही ले गया था तुम्हें वहां।" नीरजा सुन रही थी। सुन भी नहीं रही थी शायद। तीन दिन नीरजा और रही वहां, पर वह नहीं रोई। उसका हृदय अकड़ गया था, जैसाकि उसका हाथ, पांच दिन की इण्टरावीनस पीडिंग से।

सुकान्त कितना चाहता, उसकी नीरा हंसे। वह हंसती भी नहीं। रो ही दे। वह रोती भी नहीं। बस, हाथ पर हाथ धरे बैठी रहती—अकर्मण्य, निष्क्रिय। नर्सरी के कमरे पर पहले ही ताला डाल दिया था। बिस्तर पर बिछावन धूल से मैला हो गया था। बग्घी पर बंधे गुब्बारे की हवा निकल गई थी। वह मुरझाया-सा लटक रहा था; पर नीरजा उधर ताकती ही नहीं थी।

फिर एक दिन स्पाइज़र साहब आए—सुकान्त के बॉस। संवेदना के कुछ नपे-तुले शब्द कहे। बोले, "वर्मा, जिस सैलानी की 'स्की' में मिसेज़ वर्मा की साड़ी उलझी थी, उसके वकील का खत आया है। वह बिना दावे के हरजाना भरने को तैयार है। तुम वकील से, चाहो तो अपनी फर्म के वकील से, मिलकर तय कर, उसे लिख देना···।" स्पाइज़र साहब चले गए तो नीरजा बोली थी, "स्पाइज़र को फिर कभी, घर में कदम नहीं रखने दूंगी। समझे सुकान्त! हम बेचते नहीं, न ही मेरा···मेरा बच्चा···।" नीरजा भाग गई थी वहां से। कब कहा था सुकान्त ने कि वह हरजाना चाहता है? सुकान्त वहीं हाथों में सिर पकड़कर बैठ गया था।

नीरजा का जन्मदिन आया। घर लौटते समय सुकान्त उसके लिए उपहार लाया। नीरजा ने खोला। हीरे का नेकलेस था। बेहद खूबसूरत। महीने की सारी 'पे' खर्च कर आया था सुकान्त। नीरजा के होंठ कांप गए। कठिनता से बोली, "मैं शर्त तो जीत नहीं सकी। फिर यह करुण! क्यों?'' हार वहीं मेण्टलपीस पर रख वह रसोई में चली गई थी। उसने पहना नहीं।

सुकान्त सोचता था, समय से सब ठीक हो जाएगा; पर चार महीनों में भी नीरजा वैसी की वैसी ही रही। उसने सोचा, किसी मानसिक चिकित्सक की सलाह ले, पर नीरजा को निर्विकार चेहरा देख उसे साहस नहीं होता। रह-रहकर उसे खयाल हो आता, घर में एक बच्चा आ ही जाए तो नीरजा स्वस्थ हो जाएगी। सब भूल जाएगी; पर नीरजा तो उसकी परछाई से भागती है। जब नई-नई शादी हुई थी, तब भी उससे भागती थी। पर तब नीरजा की अस्वीकृति में स्वीकृति थी, उसके भागने में निमन्त्रण और उसकी लज्जा में समर्पण था। तब नीरजा को वह ढूंढ़ लेता था, मना लेता था, रिझा लेता था; पर यह कैसी नीरजा थी कि पास रहकर भी कोसों दूर-सी लगती थी! जिसका शरीर स्पृश्य होते हुए भी मानो नहीं था।

वह उसे दुलारने लगता तो वह निश्चेष्ट पड़ी रहती। वह उसके निकट आना चाहता तो वह करवट ले लेती। सुकान्त तो सम्वेदनाशून्य नहीं। उसकी भावना कुंठित हो स्वयं ही मर जाती।

उस दिन चांद उनके शयनकक्ष की खिड़की में अटक गया था। उसकी ही रोशनी नीरजा के सलोने मुंह पर आलोक फैला रही थी। सुकान्त की लालसा समस्त स्नेह-ममतासहित जाग्रत् हो गई थी। अपनी नीरू को वह अपने से, अपनी जान से ज़्यादा प्यार करता था। कैसे दिखाए वह अपना प्यार! नीरू तो देखती तक नहीं। आज सुकान्त को नीरू की चुप्पी निरुत्साह नहीं कर रही

थी। वह बता देना चाहता था कि वह कितना प्यार करता है। नीरू को। अपने एक-एक चुम्बन में वह अपना संचित प्यार उंडेल रहा था। और नीरजा? हर एक चुम्बन-स्पर्श से उसके शरीर में कांटे उगे चले आ रहे थे। वह चिल्ला दी, "वह मर गया सुकान्त! मर गया! तुमने मार दिया उसे...।" सुकान्त पर किसीने बर्फीले पानी की बाल्टी उंडेल दी हो, ऐसा हो गया था सुकान्त। फिर घर से चला गया था।

मां की चिट्ठी आई थी, "नीरजा बेटी, तु कुछ दिन को आ जा!" नारी ने शायद नारी की वेदना इतनी दूर से भी पहचान ली थी। चले जाने की बात कही सुकान्त ने। नीरजा ने कोई उत्साह नहीं दिखाया। उसमें सोचने की, चाहने की शक्ति नहीं रह गई थी; पर सुकान्त चाहता था, वह कुछ दिन घर हो आए। यहां अकेली पड़ गई है, शायद इसीसे दुःख उतरता नहीं। वहां भरा-भरा घर है, चार जनों में हंस-बोलकर ठीक हो जाएगी। कैसी पीली पड़ गई थी! न खाती थी, न बनाती थी कुछ। कहती भी तो कुछ नहीं थी। केवल एक दिन बोली थी वह, "मुझे दिखा तो देते एक बार।" बड़ा ठण्डा, ठिठुरा स्वर था वह। बता नहीं सका था कि जन्म के तीन दिन बाद होश आया था। कैसे दिखाता?

रो-रोकर कब नीरजा के बाल भीग गए थे, तकिया भीग गया था, उसे नहीं मालूम। आज इस नये वातावरण में सुकान्त से बहुत दूर आकर अकेले में वह पिघल रही थी। रो रही थी। रोते-रोते ही उसकी आंख लग गई। बीच में आंख खुली। लगा, जहाज़ खड़ा है। उठने की शक्ति नहीं थी। दिन ढल गया था। रात भी ढल चली। वह बेसुध पड़ी थी। नितान्त अकेली।

नीरजा जब सोकर उठी, केबिन में घुप्प अंधकार था। कुछ क्षण उसे याद ही नहीं आया, वह कहां है। धीरे-धीरे स्मृति लौटी कि वह विक्टोरिया जहाज़ के केबिन-नंबर दो सौ दस में लेटी है

और बम्बई जा रही है। हाथ से टटोलकर नीरजा ने बत्ती जलाई। पता ही नहीं चल रहा था, दिन है कि रात। चौदह-पन्द्रह घण्टे सोई पड़ी रही थी। अब और अधिक लेटा नहीं गया। उठकर पोर्टहॉल का पर्दा हटाकर बाहर देखा, हलका-हलका उजाला फैला था। घड़ी में देखा, सुबह के साढ़े पांच बजे थे। नीरजा का सिर बोझिल हो रहा था, पर चित्त स्वस्थ था। बैग में से पेस्ट-ब्रश निकाल उसने दांत साफ किए। दांत साफ कर उसने धुली सफेद साड़ी निकाली। दो दिन के सफर के कपड़े उसे देह पर बुरे लग रहे थे। नये कपड़े ले वह बाथरूम में गई। गर्म-गर्म पानी से बड़ी देर तक नहाती रही। सिर भी धो डाला। उसे लगता, कुछ बोझ हलका हो गया। नहाने के पश्चात् वह स्वयं को नया-नया अनुभव कर रही थी। गीले बालों में सर्दी लगने लगी तो कंधे पर शॉल डाल वह केबिन से बाहर आ गई। इतनी सुबह ऊपर कोई होगा नहीं। धूप में और हवा में जल्दी सूख जाएंगे।

कॉरीडोर सब खाली मिले। एक-आध केबिन के द्वार खुले थे। शेष यात्री अभी सोए थे। सफाई वाले सफाई कर रहे थे। फिनाइल की तेज़ गन्ध फैल रही थी। ओपन डेक पर एकदम सन्नाटा था। खुली हवा में नीरजा ने चैन से सांस ली। रेलिंग के पास बेंच सरकाकर बैठी। बालों को उसने मुक्त छोड़ दिया। और तभी अरुणोदय हुआ। नीरजा ने देखा तो विभोर हो गई। ऐसा दृश्य आज वह पहली बार देख रही थी।

सूर्य पानी की अतल सतह से उठता चला आ रहा था। आकाश सिन्दूरी हो उठा था और जल सोने-सा दमक रहा था, मानो गुलाल की मूठ भर किसीने सागर में छोड़ दी हो। किरणे नीरजा के शरीर पर सीधी पड़ रही थीं। नीरजा को लगा, इन प्रातः-किरणों से उसका शरीर ही नहीं, हृदय भी जीवन ग्रहण कर रहा है। बहुत-बहुत दिन बाद उसका कण्ठ-स्वर, मई की उस

सुबह जहाज़ के निर्जन डेक पर तैर चला। उसकी नुकीली पलकों में दो अश्रुबिन्दु सतरंगे हो चमक रहे थे। सूर्य की ओर एकटक देखने से उभरे थे वे या कि आत्म-सन्तुष्टि के थे वे आंसू?

धीरे-धीरे स्वर डूब गया। नीरजा ने वहीं रेलिंग पर सिर टिका आंखें मूंद लीं। धूप में गर्माई आ गई थी और उसके बाल सूखकर उसके कन्धों और गालों को सहला रहे थे। नरम चमकीले बाल, जो सूर्य-किरणों में सोने के तार हो रहे थे। नीरजा ने सिर उठाया तो सूर्य ऊपर आ चुका था और पानी का रंग नीलाभ हो गया था। स्वच्छ नीले प्रकाश का प्रतिबिम्ब हो रहा था सागर।

"नमस्कार मिस वर्मा!" नीरजा ने विस्मय से देखा, और मुस्करा दी, "नमस्ते मिस्टर मेहता!" नीरजा ने दोनों हाथ जोड़ दिए। रेलिंग से कुछ दूर हटकर धीरज मेहता खड़ा था। चैकदार टी-शर्ट पर ऊनी कॉलर की लेदर जैकेट उसने पहन रखी थी। वह शायद अभी-अभी नहाकर आया था। बड़ी स्वस्थ कान्ति से उसका चेहरा दीप्त था। नीरजा की ओर देखते हुए बोला, "अभी तो जहाज़ सारा सो रहा है। मैं सूर्योदय देखने आया था, पर देर हो गई। आप भी क्या जल्दी उठने की आदी हैं?"

"हां, आज जल्दी ही नींद खुल गई। केबिन में अच्छा नहीं लगा तो ऊपर आ गई। कल आपको बड़ी तकलीफ दी थी मैंने …।"

नीरजा की बात अनसुनी करता हुआ मेहता बोला, "मिस वर्मा, लेट मी काम्पलीमेंट यू ऑन यूअर हेयर (आपके बाल तारीफ के योग्य हैं)! मैंने तो इतने सुन्दर बाल आज तक नहीं देखे, आप अन्यथा नहीं सोचिएगा। वास्तव में ही…।" नीरजा ने बालों पर आंचल कर लिया। कुछ हंसकर बोली, "विशेषता मुझमें नहीं, आप ही उदार मालूम होते हैं। वैसे मिस नहीं, मिसेज़ वर्मा हूं मैं…"।

"रीयली! मैंने तो सोचा था, आप कहीं से पी-एच० डी०

करके लौट रही हैं! मिस्टर वर्मा नहीं आए? आप अकेली यात्रा कर रही हैं?"

"जी। वह अभी स्विट्ज़रलैंड में ही हैं। मैं कुछ दिन के लिए घर जा रही हूं। आप भी क्या देहली जा रहे हैं?" नीरजा ने पूछा।

"नहीं। मैं धोराजी जा रहा हूं। आपने तो नाम सुना होगा। गुजरात में है छोटी-सी जगह।"

'आप क्या जर्मनी से आए हैं?"

"हां, मैं जर्मनी में भी रहा, इंगलैंड में भी। वैसे अमेरिका से आ रहा हूं फिलहाल। मैं न्यूरो-सर्जरी में डिप्लोमा लेने गया था।" मेहता ने बताया।

"अरे, तब तो आपको डॉक्टर मेहता कहना चाहिए न?" नीरजा ने कहा।

"नहीं-नहीं, आप धीरज ही कहा कीजिए। नाम लेकर बुलाने का तरीका तो मुझे अमरीका में बहुत पसन्द आया। वहां सभी धी···रा···ज कहकर बुलाते थे।"

नीरजा अपरिचितों से एकाएक हिलमिल नहीं पाती, पर धीरज से बातें करते, उसका सकोच बहुत शोघ्र मिट गया! तभी नाश्ते की घंटी टनटना उठी। धीरज ने कहा, "चलिए, ब्रेकफास्ट लिया जाए। हां, कल आपको डिनर पर नहीं देखा। कमरे में मंगवा लिया था क्या?"

"कल तो मैं बहुत थकी हुई थी। खाने की इच्छा भी नहीं थी। इसीसे सोई रही।''

"कमाल करती हैं आप! बिना खाए 'सी सिकनेस' हो जाएगा। चलिए, मेरे साथ इस समय।"

"पर अभी तो मैंने बाल भी नहीं बांधे··· ।"

"अरे, यहां शिप पर तो सब हॉलीडे मूड में रहते हैं। आप ऐसे

ही चलिए न। नीचे जाने और आने में बहुत समय लग जाएगा और यह इटालियन वेटर देर से पहुंचने पर चिड़चिड़ाते हैं। चलिए।"

नीरजा असमंजस में थी, क्या करे! हाथों से संवारकर उसने बालों को लम्बी चोटी में बांध लिया और उसे आगे की ओर डाल लिया। धीरज नीरजा को देख रहा था। सुबह की खिली रोशनी में ढीले बंधे रूखे बाल उसकी सुन्दरता को बढ़ा रहे थे। बाल ठीक कर, साड़ी संभालती नीरजा उठी। नीचे जाते हुए बोली, "इस जहाज़ में तो भारतीय और पाकिस्तानी ही दिखाई देते हैं। हर ओर···।"

"हां, सो तो है। ललायड ट्रिस्टीनो के जहाज़ों में बहुधा हिन्दुस्तानी और पाकिस्तानी सफर करते हैं, क्योंकि ये लोग चावल, तरकारी, पापड़ इत्यादि देश की तरह बनाते हैं। और समुद्री यात्रा में खाना बहुत मायने रखता है। इसीलिए फ्रेंच जहाज़ों में सबसे कम हिन्दुस्तानी जाते हैं, क्योंकि उनका खाना उन्हें पसन्द नहीं आता, और शाकाहारी तो भूखे ही रह जाते हैं। वैसे इन इटालियन लोगों का, विशेषकर इस विक्टोरिया के कर्मचारियों का हम लोगों से व्यवहार बहुत मधुर नहीं। हमारी 'सी' डेक की हालत सबसे अधिक खराब है। घंटी पर घंटी देने से भी कोई आता नहीं···।"

"अच्छा! मेरा अनुभव तो अभी तक बहुत सीमित रहा है।" नीरजा ने कहा।

डाइनिंग हॉल में नीरजा का सम्पर्क धीरज से टूट गया। दोनों मेज़ अलग-अलग जगह पर थीं। नीरजा अपनी मेज़ पर बैठी। वहां उससे पहले एक जर्मन महिला अपने दो वर्ष के बच्चे सहित बैठी थी। नीरजा ने अभिवादन किया तो वह मुस्कराकर शुद्ध अंग्रेज़ी में बोली, "बैठिए।" नीरजा ने बैठकर मीनू कार्ड देखा। तभी बैरा ऑर्डर लेने आ गया।

खाने का ऑर्डर दे, नीरजा जर्मन महिला के बच्चे की ओर

देखने लगी। अधिक सुन्दर तो नहीं था, पर बेहद बोरा और नटखट बच्चा था। बातचीत का क्रम चल निकला तो उन्होंने बताया, वह पूना जा रही हैं। वहां उनके पति 'मिस्टर कुमार' (कुमार) विंग कमांडर हैं। वह थोड़े दिन के लिए अपनी मां से मिलने डसलडोर्फ गई थीं। नीरजा को अपने बेटे की ओर मुग्ध दृष्टि से देखते हुए देख उन्होंने पूछा, "मिसेज़ वर्मा, आप बच्चे साथ नहीं लाई, या अभी इस जंजाल से आप बची हैं?"

प्रश्न नीरजा को साल गया। उत्तर देने में उसे पीड़ा हुई। पर पता नहीं क्यों अपेक्षा से बहुत कम, धीरे से बोली, "नहीं, अभी नहीं हैं।" नीरजा को अपने शान्त स्वर पर विस्मय हुआ। लगा, वह तथ्य को स्वीकार करने योग्य होती जा रही थी; अथवा यह 'शिप लाइफ' का प्रभाव था, जहां बहुत-सी बातें इतना महत्त्व नहीं रखतीं, जितना सामान्य जीवन में। नीरजा चुपचाप नाश्ता करती रही, और मिसेज़ कुमार अपने लड़के, विली को खिलाती रहीं।

नाश्ता समाप्त कर नीरजा अपने केबिन में चली गई। बहुत सुबह उठ गई थी, जाकर लेट गई। अपने आसपास का सारा वातावरण उसे स्वप्न-सा लग रहा था।

नीरजा जब दोबारा ऊपर आई तो उसने बालों को ढीले जूड़े में बांध लिया था और चम्पई रंग की सिल्क की साड़ी और वैसा ही ब्लाउज़ पहने थी। उसकी सालगिरह पर सुकान्त ने रूबी के टॉप्स दिए थे, और वे साड़ी के साथ बहुत सुन्दर लग रहे थे। मेहता एक सांवली-सी दुबली-पतली लड़की के साथ टेबल टेनिस खेल रहा था। मेहता की पार्टनर कोई बर्मी-सी दिखने वाली महिला थी और दूसरी तरफ एक सरदारजी और वह दुबली-सी लड़की। नीरजा वहां से हटकर खुले में आ गई। नीचे की ठंडक के बाद धूप भली लग रही थी। एक खाली बेंच पर बैठी। जगह-जगह यात्री ग्रुप बनाकर खड़े थे। कुछ एक विभिन्न खेलों में मग्न थे।

कुछ कोकाकोला इत्यादि पेय पी रहे थे। नीरजा स्वयं से सन्तुष्ट केवल सागर को निहार रही थी। धूप से उसके गाल तमतमाने लगे तो उसने साड़ी से सिर ढंक लिया। तभी किसीने कहा, "कहिए, तो आप भी देहली जा रही हैं?" नीरजा ने विस्मय से देखा, वही लड़की थी, जो अभी टेनिस खेल रही थी।

बेंच पर उसके लिए जगह बना, नीरजा ने मुस्कराकर कहा, "जी हां। आपको कैसे ज्ञात हुआ?"

"मेहता ने बताया था। वह हमारे साथ वाले केबिन में हैं।"

"अच्छा, आप भी देहली जा रही हैं! किस स्थान पर है। आपका निवास-स्थान?" नीरा ने जिज्ञासा से पूछा।

"दरियागंज में हमारा घर का मकान है। आप किधर रहती है?"

"हम हनुमान रोड पर रहते हैं। आप अकेली ही यात्रा कर रही हैं?" नीरजा ने कहा।

"नहीं, मेरे पति हैं, दो लड़कियां भी। हम लोग हॉलैंड से आ रहे हैं। वहां यह लेक्चरर थे यूनिवर्सिटी में।" उन्होंने बताया। नाम कान्ति माथुर था।

तभी धीरज आ गया। बोला, "कान्तिजी, मिस्टर माथुर आपको बुला रहे हैं—रमी के राउण्ड के लिए। चलिए मिसेज़ वर्मा, आप भी।"

"मैं तो रमी बहुत कम खेलती हूं।"

"चलिए भी। आप जो खेलती हैं, हम भी वही खेल लेंगे।" धीरज ने आग्रह किया। लाउंज में मिस्टर माथुर से परिचय कराया। माथुर भी कान्ति की तरह ही पतला और सांवला-सा था। नीरजा ने रमी ही खेलना स्वीकार कर लिया। बोली, "इसी बहाने सीख जाऊंगी।" खेल जम गया। धीरज हंसमुख था, औरों को भी हर दो मिनट बाद किसी न किसी बात पर हंसा देता। खेलते-खेलते

माथुर ने प्रश्न किया, "क्यों नीरजाजी, आप अपने उनसे लड़कर आई हैं क्या, जो अकेले ही जा रही हैं?"

नीरजा के चेहरे का रंग बदल गया। प्रश्न उसे कौंच गया। उत्तर नहीं दिया उसने। धीरज को भी बुरा लगा। उसने बात बदल दी। तभी आठ एक वर्ष की एक लड़की 'ममी-ममी' करती आई। नीरजा समझ गई, कान्ति की लड़की है। ठीक कान्ति पर पड़ी थी वह। कान्ति ने पूछा, "उषा, आशी कहां है?"

"वह उधर खेल रही है ममी! हम भी कोक पिएंगे।"

"मैं तो पैसे लाई नहीं, अपने मेहता अंकल से कहो।'' कान्ति ने बड़ी बेतकल्लुफी से कहा।

हाथ का कार्ड नीचे रखकर धीरज कोकाकोला लाने गया। नीरजा ने देखा, लड़की आवश्यकता से अधिक लम्वी फ्रॉक पहने थी और मुख पर बहुत अधिक प्रौढ़ता थी। नीरजा को विरक्ति-सी हुई। उठते हुए बोली, "कान्तिजी! मैं लाइब्रेरी जा रही हूँ, फिर वह बन्द हो जाएगी।" माथुर के आग्रह करने पर भी वह रुकी नहीं, चली गई।

दोपहर का खाना खाने के पश्चात् नीरजा केबिन में लेटकर पढ़ने लगी। ऊपर जाने की उसकी इच्छा नहीं थी। पढ़ते-पढ़ते उसे मतली आने लगी। लगा, यदि खुली हवा में नहीं गई तो अभी कै हो जाएगी। और नीरजा ऊपर भागी। ऊपर वह किसीसे बोलना नहीं चाहती थी। सारा डेक भरा हुआ था। लगता था, सभी यात्री ऊपर आ गए हैं। नये-नये चेहरे दिखाई दे रहे थे। नीरजा अपने एकान्त के कोने में जा बैठी, जहां पहले दिन बैठी थी। उसे आश्चर्य हो रहा था, जहाज़ पर दिन कैसे कटेंगे। यहां तो समय ही नहीं कटता। दो दिन में ही ऐसा लगता था कि जाने कब से यहां रह रही है। तभी चौंका दिया धीरज ने उसे, "आप चली क्यों आईं? आपका कोक लेकर मैं लाइब्रेरी तक गया, वहां भी नहीं थीं आप?"

झेंपकर नीरजा ने कहा, ''आप व्यर्थ परेशान हुए। मैं केबिन में थी।"

"नीरजाजी, आपको माथुर की बात का बुरा लगा? उसके लिए मैं शर्मिन्दा हूं। पता नहीं कुछ लोगों को मज़ाक की भी 'सेन्स' नहीं होती।" बैठते हुए धीरज ने कहा। कुछ रुककर बोला धीरज, "आप फिर कल की तरह उदास हो गई हैं, किन्तु आज इसके लिए मैं उत्तरदायी हूं।"

"नहीं-नहीं, यह बात नहीं।'' नीरजा ने प्रतिवाद किया। फिर एकाएक उसे हंसी आ गई। बोली, "छोड़िएं भी। कुछ और बात की जाए। आपके परिवार में कौन-कौन लोग हैं?''

"सभी हैं।'' धीरज ने कहा।

"पत्नी?"

"नहीं, पत्नी तो नहीं। एक प्रेयसी थी कॉलेज के ज़माने में, पर उसके परिवार वालों ने शायद मुझे उसके योग्य नहीं समझा। उसका भी विवाह हो गया। धीरज ने कहना तो बड़े हलके स्वर में आरम्भ किया था, पर कहते-कहते कुछ चुप हो गया। बदलते हुए बोजा, "नीरजाजी, आपको मेरा इस तरह बातचीत करना बुरा तो नहीं लगता?"

"नहीं धीरज! कैसी बात करते हो! तुम तो बात कर लेते हो, अन्यथा मैं तो भीड़ में अकेली जैसी हूं। बस, वह माथुर है न, वैसे ही लोग मुझे उकता देते हैं।"

"छोड़िए उन्हें। आज शाम की चाय हमारी टेबल पर लीजि-एगा। आपको कुछ लोगों से मिलवाऊंगा।"

"नहीं-नहीं, मेरी इच्छा नहीं करती किसी से मिलने की। ले-देकर यह एकान्त मिला है।"

"ऐसे तो ये चौदह दिन कटेंगे नहीं। तंग आ जाएंगी। न सही मुझसे ही बातें कीजिएगा, या उसमें भी एतराज़ है कुछ?"

तभी नीरजा ने कहा, "क्या आप वास्तव में सच कह रहे थे?"

धीरज ने नासमझी से उसकी ओर देखा। बोला, "क्या?"

"यही कि आपकी प्रेयसी का विवाह कहीं अन्य हो गया? देखिए, मेरा प्रश्न अनधिकार चेष्टा हो तो आप उत्तर नहीं दीजिएगा।"

"प्रश्न स्वाभाविक है नीरजाजी! वैसे भी तो प्रसंग मैंने ही छेड़ा था। सत्य ही समझ लीजिए। अब तो लगता है, युग बीत गए उन बातों को, जब बिन्दु से मेरी मित्रता थी। अब तो वह दो-एक बच्चों की मां होगी। मुझे तो यह भी नहीं मालूम कि किस जगह उसकी ससुराल है। एक तरह से अच्छा ही हुआ। प्रेम और विवाह दोनों ही झमेलों से सदा के लिए छुट्टी हो गई। अब कोई मानसिक समस्या नहीं है।" धीरज ने बड़ी गम्भीरता से कहा। फिर हंस पड़ा वह, "चलिए, थोड़ा डेक टेनिस खेलें। अभी चाय में घण्टा-भर की देर है।"

"मुझे तो आता नहीं खेलना।"

"अरे, रिंग उछालने में कितना आने की ज़रूरत है? चलिए, मैं सिखाऊंगा।"

"आप तो सब खेलों में माहिर लगते हैं।"

"इन खेलों में ही ज़िन्दगी अच्छी कट जाती है। डॉक्टरी और स्पोर्ट ही दो प्रिय हैं मुझे।"

नीरजा थोड़ी देर में अभ्यस्त हो गई। आरम्भ में उसे साड़ी में खेलने में असुविधा हुई; पर वह बैडमिण्टन अच्छा खेलती थी। डेक टेनिस पर भी हाथ जम गया। उसे भी कुछ व्यायाम की आवश्यकता हो आई थी मानो। इतने दिनों की निष्क्रियता को वह समाप्त करना चाहती थी। धीरज पहले बहुत आराम से खिला रहा था नीरजा को। ज्यों-ज्यों नीरजा का हाथ सधने लगा, धीरज पैंतरे बदलकर रिंग फेंकने लगा। नीरजा भी पूर्णतः जागरूक थी। पूरा ध्यान वह

खेल पर केन्द्रित किए थी। उसे नहीं मालूम कि उसकी और धीरज की जोड़ी ऐसी जम रही थी कि देखते ही देखते यात्री नेट के चारों ओर जमा होने लगे। खेलते-खेलते नीरजा के जूड़े की पिने बिखर गई थीं और बाल मुक्त हो गए थे। उसे आभास तब हुआ, जब हवा से लटें उसके चेहरे और आंखों में आने लगीं। रुककर उसने बाल पीछे किए तो झेप गई। बोली, ''दैट्स ऑल धीरज!'' पल्लू से उसने सिर ढक लिया। तभी सब ओर से प्रशंसा के स्वर सुनाई देने लगे। नीरजा पर मानो पानी पड़ गया। शिकायत से उसने धीरज की ओर देखा और हंसकर धीरज ने गर्व से भरे स्वर में कहा, ''यू आर वंडरफुल। बहुत कम लड़कियां ऐसा खेल पाती हैं। आप रोज़ घण्टा-भर अभ्यास कीजिए। आप ज़रूर ही जहाज़ की डेक टेनिस चैम्पियन हो जाएंगी।''

नीरजा को केबिन में लौटने की जल्दी थी। पसीने से अस्त-व्यस्त हो रही थी। बोली, "मैं जा रही हूं। चाय के समय लौटूंगी।"

नीरजा जब लौटी तो डाइनिंग हॉल भर चुका था। चाय के समय सीटों और मेज़ों पर नम्बर नहीं होते। अपनी इच्छा से यात्री बैठ सकते हैं। दूर से ही धीरज ने इंगित किया। वह एक सीट रखे था नीरजा के लिए। नीरजा को इतने लोगों के बीच से होकर उधर जाते संकोच हो रहा था, पर जाना पड़ा। मेज़ पर पहले से दो और व्यक्ति बैठे थे। धीरज ने परिचय कराया, "इकबाल कुरेशी। आप मिसेज़ वर्मा। कुरेशी कराची जा रहा है। और यह हैं ब्रादर डेनिस। केरल जा रहे हैं।"

नीरजा अभिवादन का उत्तर देकर बैठी। ब्रादर डेनिस की ओर देख उसे आश्चर्य हुआ। कल ही तो इन्हें नोटिस बोर्ड के पास देखा था। देखकर नीरजा को किसी बिगड़ैल जैसा व्यक्तित्व लगा था उनका। चौबीस के लगभग आयु, बेहद आकर्षक चेहरा और एकदम स्टाइलिश कपड़े। वह स्वप्न में भी अनुमान नहीं लगा सकती थी

कि यह पादरी हो सकता है। इकबाल लम्बा-चौड़ा गेहुएं रंग का युवक था। बहुत हंसमुख, धीरज की तरह ही। डेनिस शान्त भाव से बैठा था। नीरजा के नमस्कार का उत्तर भी उन्होंने बड़ी शालीनता से दिया। बैरा उनका ऑर्डर ले जा चुका था और औपचारिक बातचीत हो रही थी। कुछ सोचती-सी नीरजा बोली, "देखिए मिस्टर मेहता! हमारी मेज़ पर संसार के चार प्राचीनतम व सबसे सशक्त धर्मों के अनुयायी इकट्ठे हुए हैं।"

"मैंने क्या कहा था कि इण्टरेस्टिंग गैदरिंग रहेगी चाय पर!" धीरज ने हंसकर कहा।

तभी इकबाल बोला, "नीरजा बहन, आप धर्म की बात तो कीजिए नहीं। बुरा नहीं मानिए। लेकिन मैं पक्का एथीस्ट (नास्तिक) हूं। टोटली अगेन्स्ट रिलीज़न। आज तो सबसे बड़ी ज़रूरत संसार से मज़हब को मिटा देने की है। जब तक मज़हब रहेगा, अमन नहीं हो सकता।"

आप ऐसा क्यों सोचते हैं, इकबाल भाई?" नीरजा ने आश्चर्य से पूछा।

"तो आप मजहब के फेवर में हैं क्या?" इकबाल ने पूछा।

मैंने कभी इस विषय पर गौर नहीं किया, पर आप ऐसा क्यों सोचते हैं?''

"मेरे मज़हब के लोग सुने तो मुझे काफिर कहेंगे और डेनिस भाई को भी बुरा लगेगा; लेकिन मैं समझता हूं, हर फसाद के पीछे मज़हब का बड़ा हाथ रहता है। असल में हम लोग मज़हब के असली मतलब को भूलकर भटक चुके हैं। अब तो सिर्फ गुटबन्दी रह गई है या प्रोपेगण्डा। हिस्ट्री तो आप सबने पढ़ी है। बताइए, किस वतन में कम्यूनल फसाद नहीं हुए? यहूदियों पर हुए ज़ुल्मों को आप कभी सुने तो मज़हब को कभी मुआफ नहीं करेंगे। मेरा बस चले तो हर मज़हब की बुनियाद ही उखाड़ फेंकूं।"

इकबाल की बात समाप्त होने पर एक क्षण तक चुप्पी रही। फिर नीरजा ही बोली, "मिस्टर डेनिस, अपिका इस विषय में मत सुनने की इच्छा है।"

बड़ी सरल मुस्कराहट से डेनिस ने कहा, "इकबाल साहब जो कह रहे हैं, एक हद तक ठीक भी है, लेकिन मेरा खयाल है कि अगर शरीर का एक अंग बीमार या खराब हो तो उसका इलाज करना चाहिए, न कि उसे काटकर फेंक देना चाहिए। यही बात, धर्म पर लागू होती है। जिन बुराइयों को इकबाल साहब ने गिनाया है, उन्हें स्वीकार करते हुए भी धर्म का जो योगदान रहा है, उसे भूलना नहीं चाहिए। मैं समझता हूं, धर्म जहां जुदा करता है, वहां अगर इसका ठीक प्रयोग हो तो यही सबसे बड़ा यूनिफाइंग फैक्टर है। अब रही यहूदियों पर अत्याचार वाली बात, तो ऐसी घटनाओं के पीछे धर्म की अपेक्षा सत्ता का अधिक हाथ रहता है। विशेषकर राजनीतिक सत्ता का। अधिकतर राजसत्ता द्वारा ही धर्म का गलत इस्तेमाल हुआ करता है।"

वेटर चाय, कॉफी, टोस्ट और बिस्कुट ले आया। धीरज ने बात का रुख बदला। चाय समाप्त होने पर इकबाल ने पूछा, "क्यों नीरजा बहन, ऊपर चल रही हैं आप ?"

"नहीं इकबाल भाई, अब आराम करूंगी। आज तो डॉक्टर मेहता ने थका दिया।"

"हां, मैं तो आपको बधाई देना भूल गया था। बड़ा अच्छा खेलती हैं आप। थकना तो लाज़िमीं था। मेहता तो चैम्पियन रह चुका है। उम्मीद है, मुलाकात होती रहेगी आपसे।"

"जी हां, ज़रूर।" और नीरजा अभिवादन कर अपने कमरे में आ गई। खाना खाने भी वह नहीं गई। केबिन में ही मंगवा लिया। जल्दी सो गई।

अगले दिन नाश्ता समाप्त कर नीरजा ऊपर आ गई। अभी

बहुत लोग नहीं थे ऊपर। एकाएक उसे खयाल आया, कल जहाज़ पोर्ट सईद पहुंच जाएगा। चिट्ठी लिखकर आज ही देनी होगी। कल ही नोटिस लग गया था कि आज लिफाफे और टिकट विक्रय होंगे। नीरजा को सुकान्त का खयाल आ रहा था, पर बहुत यत्न करने पर भी उसकी कल्पना में सुकान्त का चेहरा उभर नहीं रहा था। जिसकी एक-एक मुद्रा, भंगिमा से वह अपने से भी अधिक परिचित है, उसीको चाहने पर भी वह साकार नहीं देख सकती। कुछ सोचती सी नीरजा उठी···सीढ़ियों में स्प्रिंगदार दरवाज़ा था। जैसे ही उसने उसे ठेलना चाहा, वैसे ही दूसरी तरफ से किसीने ज़ोर से बाहर को ठेल दिया। नीरजा के झुके सिर में बड़ी तेज़ी से बजा वह भारी दरवाज़ा। एक सिसकारी भर दूर छिटक गई। क्षण-भर में ही 'ओह! आह!' करती यात्रियों की भीड़ इकट्ठी हो गई। नीरजा का माथा फट गया था। खून की धार उसके ब्लाउज़ को भिगोती लकड़ी के फर्श पर गिर रही थी। आंखों के आगे अंधेरा छा गया।

चेत हुआ तो डॉक्टर पट्टी कर रहा था। किसीने सहारा देकर डेक चेयर पर बैठा दिया था नीरजा को। पट्टी कर डॉक्टर ने संकेत से एक स्टूवर्ड और पास खड़ी भारतीय महिला को बुलाया और बोला, ''आप इन्हें केबिन में छोड़ आइए।'' नीरजा को होश आया देख गम्भीरता से बोला, "आप आराम कीजिए। चोट तो मामूली है, पर रक्त अधिक चला गया है। परसों डिस्पेन्सरी में आकर दिखा दीजिएगा। दर्द अधिक हो तो यह गोली है, खा लीजिएगा।'' डॉक्टर इटालियन था, अंग्रेज़ी ज़रा कठिनता से बोलता था। 'धन्यवाद' कह नीरजा उठ खड़ी हुई।

नीरजा देर तक सोती रही। उठी तो केबिन में अन्धकार था। सामने बैठी छायामूर्ति को देख उसके मुंह से एकाएक 'सुकान्त' निकल गया। नीरजा ने हाथ आगे बढ़ा दिया। नीरजा के हाथ को अपनी सशक्त हथेलियों में बन्द करते हुए धीरज बोला, "मैं हूं,

धीरज मेहता। अब कैसी तबीयत है नीरजाजी?" नीरजा ने हाथ खींच लिया, और धीरज ने लाइट ऑन कर दी। बोला, "मैं ज़ब आया, आप सो रही थीं। आपको जगाना उचित नहीं समझा। कान्ति से पता चला था, आपके सिर में चोट आई है। एक बार देखना चाहता था। आप तो जानती हैं, मैं न्यूरी सर्जन यानी हैड स्पेशलिस्ट हूं।" धीरज के चेहरे पर सहज मुस्कान थी। उठने के यत्न में नीरजा ने कहा, "आप बहुत उदार हैं डॉक्टर मेहता!"

"अरे, लेटी रहिए, उठिए नहीं।" अपनी कुर्सी धीरज ने निकट खिसका ली। घाव देखकर बोला, "जल्द ही भर जाएगा।" मेज़ पर से थर्मस फ्लास्क खोलते हुए उसने नीरजा को गिलास पकड़ाया, "यह गर्म ओवल्टीन पी लीजिए।"

फिर सहारा देकर नीरजा को बैठाया तो वह बोली, "आपको बहुत कष्ट देती आई हूं। पता नहीं कब से आप बैठे होंगे यहां।"

"देखिए नीरजाजी, गायक को जितना गाने का और कवि को सुनने का शौक होता है, उतना ही डॉक्टर को डॉक्टरी करने का। अब इतने दिन में तो एक मरीज़ मिला था सौभाग्य से। सोचा, देख आऊं।" नीरजा के माथे में पीड़ा थी, पर धीरज ने बात इतने भोलेपन से कही थी कि नीरजा को हंसी आ गई। दूध पीकर नीरजा लेटी तो जेब से छोटा-सा चाकू निकाल धीरज सेब छीलने लगा। नीरजा के प्रतिवाद करने पर भी छोटी-छोटी फांक बनाकर वह उसे देने लगा। खाना पड़ा। खा चुकी तो बोला, "बस, "बस, अब और किसी चीज़ की उम्मीद न कीजिए। इतना ही लाया था मैं आपके लिए। आपका डिनर हो गया, अब मैं डिनर लेने जा रहा हूं। आप सोइए।" नीरजा उसे देखती रही। चलते-चलते धीरज ने पूछा, "किसी वस्तु की आवश्यकता तो नहीं?"

"नहीं।" नीरजा ने तनिक सिर हिला दिया। केबिन का द्वार धीरे से बन्द करता धीरज चला गया।

धीरज के जाने के बाद नीरजा बहुत देर तक जागी रही। उसे नींद नहीं आ रही थी। वह कुछ सोच भी नहीं रही थी। केवल चुपचाप बर्थ पर पड़ी छत में लगे 'एक्ज़ोस्ट फैन' को देखती रही। एकाएक उसे खयाल आया, उसने सुकान्त को पत्र नहीं लिखा। नीरजा स्वयं को अपराधी अनुभव कर रही थी। उठना चाहा; पर दो मंज़िल पार कर टिकट और लिफाफा खरीदकर लाने लायक शक्ति उस में नहीं थी। आंखों के आगे सफेद तारे टूट रहे थे। वह फिर लेट गई।

सुबह स्टूवर्ड की आहट से उठी। नाश्ते की ट्रे लाया था वह। साथ में दो पत्र थे। एक सुकान्त का, दूसरा एमिली मायोरस का। नीरजा ने आश्चर्य से पूछा, "क्या हम पोर्ट सईद पहुंच गए?"

"हां, सुबह सात बजे पहुंचे थे। वह ट्रे रख चला गया और नीरजा ने पत्र खोला। सुकान्त का पत्र पा उसे बहुत अटपटा लग रहा था। वे दोनों कभी भी इतने दिन को विलग नहीं हुए थे कि पत्र-व्यवहार की नौबत आती। यह उसका पहला प्रेम-पत्र था। नीरजा के होंठों पर हलकी-सी मुस्कराहट तैर गई। सुकान्त की स्पष्ट सुन्दर लिखाई में, छोटा-सा पत्र था :

'नीरी डार्लिंग!

उम्मीद है, सफर आराम से कट रहा होगा। कुछ स्वास्थ्य लाभ हुआ? मौसम कैसा रहा? यहां बर्फ सब पिघल चुकी है। एमिली तुम्हें याद करती थी। उसे तुम्हारा पता दे दिया था। हरीश की चिट्ठी आई थी। वह तुम्हें लेने बम्बई पहुंच रहा है। तुम चिन्ता नहीं करना।

और? और क्या लिखू, कुछ समझ नहीं आता। यह घर छोड़ने की सोच रहा हूँ। इतने बड़े घर में अकेले रहना अच्छा नहीं लगता। फिलहाल ताला डालकर किसी होटल में शिफ्ट हो रहा हूं।

खुश रहना। एनज्वाज योरसेल्फ। किसी चीज़ की आवश्यकता हो तो लिखना।

—सुकान्त'

दूसरा पत्र एमी का था। नीरजा को एमी से पत्र की अपेक्षा नहीं थी। पत्र खोलते-खोलते उसे वृद्धा एमी की ममता-भरी सूरत याद आ गई। सारे जिनेवा में एमिली मायोरस ही तो नीरजा की सखी थी। अस्सी-बयासी से कम नहीं थी एमी। एमी कुंआरी रही थी। उसके विषय में कथा प्रसिद्ध थी कि किसी सैलानी से उसका प्रेम हो गया था। इसी कारण एमी ने विवाह नहीं किया। उसकी याद में मिस मायोरस, मिस ही रह गईं। पर आज एमी को देख, यह कहानी बड़ी असम्बद्ध-सी लगती। कितनी सन्तुष्ट थी एमी! कोई अभाव उसके जीवन में कभी रहा होगा, ऐसा लगता नहीं था। भुर्रियोंदार चेहरे में बेहद सतेज आंखें, जिनमें जिज्ञासा और ज्ञान बराबर रहते थे। इस आयु में इतनी कर्मठ और हंसमुख उसने और नहीं देखी थी। नीरजा को याद है, जब एक बार एमी उसे सैर को ले गई थी। कम से कम दो मील की चढ़ाई चढ़ी होगी। एमी पहाड़ी पर बने छोटे-से रेस्तरां में नीरजा को चाय पिलाना चाहती थी और वहां से नीचे झील का अद्वितीय दृश्य भी दिखाना चाहती थी। एमी तो अकसर आती रहती थी उस स्थान पर; किन्तु ऊपर पहुंचते-पहुंचते नीरजा हांफने लगी थी। सर्दी की उस दोपहर में भी पसीने-पसीने हो गई थी। धम्म से कुर्सी पर बैठते हुए बोली थी, "हे ईश्वर! एमी, तुमने किसी कसूर की सज़ा दी है यह? कचूमर निकल गया मेरा। अब कभी नहीं आऊंगी।'' आश्चर्य से एमी ने कहा था, "शर्म की बात है, इतनी छोटी उम्र में तुम इतना भी नहीं चल सकतीं! मुझे देखो, मैं अस्सी बरस की बुढ़िया हूं और तुम इतना भी चल नहीं पाओगी तो स्विट्ज़रलैंड की सुन्दरता और सुन्दरतम स्थान व दृश्य देख नहीं

सकोगी। हमारे देश को देखना हो तो कभी इन पहाड़ियों पर से देखो।" और नीरजा ने सिर घुमाकर घाटी को देखा तो स्तब्ध रह गई थी। नीचे 'लेक जनीव' आसमान की नीलिमा से होड़ लगाती बह रही थी। चारों ओर बसे शहर के ऊंचे-ऊंचे घरों से भी ऊंची हिम से ढंकी पहाड़ियां और पहाड़ियों पर चमकती शीत-कालीन सूर्य की किरणें। नीरजा को चाय पीने की भी सुध नहीं रही थी वह सब देखते-देखते। वह छोटा-सा रेस्तरां सैलानियों की घिसी-पिटी लीक से दूर अलग एकान्त में बड़ा ही अच्छा लग रहा था। नीरजा और एमी की तरह इक्का-दुक्का स्त्रियां वहां बैठी चाय पी रही थीं। स्विट्ज़रलैंड के विषय में प्रसिद्ध है कि दोपहर में रेस्तरां में चाय पीती सिर्फ स्त्रियां ही मिलती हैं, पुरुष कभी नहीं। कम से कम उस रेस्तरां में एक बहुत वृद्ध महाशय को छोड़ शेष स्त्रियां और दो बारह वर्ष के लगभग बच्चे थे। नीरजा ने सहसा पूछा था, "मिस मायोरस, आप लोगों को इतनी सुनसान जगह पर अकेले घूमते डर नहीं लगता?"

"क्यों? भारत में क्या तुम लोग ऐसी जगह पर सैर को नहीं निकलते?"

"भारत के विषय में तो नहीं जानती! वहां तो इतनी सुनसान जगह मिलेगी ही नहीं। तुम तो जानती हो, हमारा देश घना आबाद है। वहां तो मैं समझती हूं, अकेले जाने में खतरा नहीं, पर अमरीका में तो कभी स्त्रियों को ऐसे अकेले जाते देखा नहीं मैंने। बहुधा कार में जाती हैं, और कार भी चारों ओर से ताला बन्द कर चलाती हैं।"

तभी तो बेहद आलसी और निकम्मी होती हैं अमरीकन औरतें। न घर के काम-काज से मतलब, न कुछ। केवल ब्रिज खेलना जानती हैं ..." मिस मायोरस ने उपेक्षा से कहा था। नीरजा जानती थी, एमी को अमरीकनों से, उनके व्यवहार, व अत्यधिक पैसे से सदा

शिकायत रहती थी। उसके जैसी परिश्रमी स्त्री को बेकार समय गंवाना भाता नहीं था। नीरजा ने बात बदल दी थी। पत्र पढ़ते नीरजा को एमी की एक-एक मुद्रा याद आ रही थी। पत्र काफी लम्बा था और कठिनता से पढ़ा जा रहा था। एमी अंग्रेज़ी बोल तो गुज़ारे लायक लेती थी,पर लिखने में काफी अशुद्धियां थीं। लिखा था :

'नीरा डियर,

सुकान्त ने जब बताया कि तुम इंडिया जा रही हो तो मुझे विश्वास नहीं हुआ था; पर अब तो तुम जा चुकी हो। आशा है, जहाज़ पर तुम्हारा दिल लग गया होगा। अच्छी तरह खाओगी पिओगी तो बड़ा स्वास्थ्य-लाभ होगा। मैं तो सदा जल-यात्रा की आकांक्षी रही, पर कभी न साथ जुड़ा, न पैसे। तुम भाग्यशाली हो, जो इस आयु में इतना पर्यटन कर सकी हो।

अपने सम्बन्धियों से मिलकर तुम्हें विशेष प्रसन्नता होगी, ऐसी आशा है। सुकान्त के लिए मैंने अपने घर के पास का एक होटल ठीक किया है। मैं चाहती हूं, वह बस्ती में आकर रहे। मुझे भी सुविधा रहेगी उसपर नज़र रखने में। मुझे सुकान्त का रंग-ढंग ठीक नज़र नहीं आता। विशेष बात नहीं। तुम्हें बहुत याद करता है, ऐसा लगता है। यहां आ जाएगा तो शाम का खाना तो मैं अपने यहां ही खिला दिया करूंगी। लापरवाह लड़का है, सेहत खराब कर लेगा नहीं तो।

तुम प्रसन्न रहना। समय मिले तो पत्र लिखना। अपने घर वालों से मेरा अभिवादन कहना।

—एमिली मायोरस'

नीरजा के आर्द्र नेत्रों में एमी साकार हो गई, जब वह रात के ग्यारह बजे सर्दी में ठिठुरती उसे गाड़ी पर विदा देने आई थी। गाड़ी चलने पर जिनेवा के उस बड़े स्टेशन पर नियोन लाइट्स में एमी मायोरस की पुराने काले कोट में लिपटी झुकी कमर वाली

देह देख नीरजा के कण्ठ में आंसू उतर आए थे। सूनी-सूनी आंखों से वह खिड़की से सिरे बाहर कर देर तक हाथ हिलाती रही थी। उसे लगा था, शायद ही फिर कभी देख पाए एमीको वह इस जीवन में।

दोनों पत्र गोद में रखे नीरजा कुछ सोचती-सी बैठी थी। तभी आ गया धीरज। बोला, "भई बाहन, कमाल है! आधा घंटा हैड वेटर के पीछे-पीछे घूमकर चाय भिजवाई और आप हैं कि पी तक नहीं…।" धीरज कौतूहल से नीरजा की गोद में पड़े पत्रों की ओर देखने लगा। पूछा, "क्यों नीरजाजी, कोई बुरी खबर है क्या? बड़ी चुपचाप बैठी हैं?"

"नहीं डॉक्टर मेहता! यूं ही कुछ सोच रही थी। आप तो बड़ी सुबह-सुबह नहा-धो आए।"

"सुबह? घड़ी देखिए, साढ़े नौ बजे रहे हैं। चलिए, चाय पी लीजिए। फिर आपकी पट्टी बदल दूं। मेरे साथ चलिएगा। पूरा बाज़ार लगा है।" कहते हुए धीरज ने पोर्टहॉल का परदा हटा दिया। कमरे में सुबह का उजाला भर गया।

उठते हुए नीरजा ने कहा, "चाय आप भी पीजिएगा न! मैं ज़रा दांत साफ कर लूं।" नीरजा ब्रश पर पेस्ट रख रही थी। बोली, सुनिए, एक तकलीफ देनी थी आपको, अभी लिफाफे मिल जाएंगे क्या? मुझे एक आवश्यक पत्र लिखना है। कल लिख नहीं सकी।"

"अच्छा, आप तैयार हो जाइए, तब तक मैं ऊपर से लेकर आता हूं। वैसे डाक तो निकल चुकी है। फिर भी भेज देंगे किसी तरह आपका पत्र।"

धीरज चला गया तो नीरजा ने केबिन का द्वार अन्दर से बन्द कर लिया। तौलिया गर्म पानी में भिगोकर अच्छी तरह मुंह-हाथ साफ किए। कपड़े अभी तक खून से सने पहने थी। सूटकेस में से निकाल उसने नई साड़ी-ब्लाउज़ पहना और ठीक से जुड़ा बांध रही थी कि धीरज लौट आया। केबिन में टैलकम की लुभावनी सुगन्ध

भरी थी। धीरज को लिफाफे मिले नहीं। सब समाप्त हो चुके थे। जब तक नीरजा ने स्वेटर पहना, धीरज ने उसके लिए चाय तैयार कर दी। गिलास का पानी फेक नीरजा ने कहा, "आप प्याले में लीजिए। मैं गिलास में पी लूंगी।"

"लेकिन मैं तो पीकर आया हूं।"

"तो क्या हुआ! इतने बड़े शरीर में एक और प्याला चाय पता भी नहीं चलेगी।" दोनों हंस पड़े। चाय समाप्त हुई तो धीरज ने निपुण हाथों से पट्टी खोल दी। माथे पर खून जमा हो गया था और घाव में पाउडर सूखकर चिपक गया था। स्पिरिट से सफाई कर मरहम का हलका-सा फाया धीरज ने माथे पर रखा और प्लास्टर के दो टुकड़ों से चिपका दिया। पट्टी खुल जाने से नीरजा मुक्त अनुभव कर रही थी।

धीरज ने कहा, "देखिए, मैंने नज़रबट्टू लगा दिया है आपके माथे पर। अब नज़र नहीं लगेगी।"

"पहले तो मैं इतनी सुन्दर नहीं कि नज़र लग जाए; दूसरे, किसी-को इतनी फुर्सत नहीं कि लगाए।'' नीरजा ने हंसकर कहा।

"यानी मैं जो तीन दिन से आपकी शक्ल की तारीफ किए जा रहा था, वह किसी गिनती में शामिल नहीं···!" धीरज ने पूछा।

"आपका क्या, आप तो फालतु वक्त बरबाद करने के आदी मालूम पड़ते हैं।" नीरजा ने भी उसी स्वर में उत्तर दिया। और दोनों केबिन से बाहर आ गए।

ऊपर पहुंचे तो वास्तव में ही अरबी बाज़ार लगा था। बीसियों छोटी-छोटी दुकानें सजी थीं। विस्मय से नीरजा के मुंह से 'अरे' निकल गया।

धीरज एक ओर को जाते हुए बोला, "आओ, एक तमाशा दिखाऊं।" जिधर धीरज इंगित कर रहा था, उधर की रेलिंग से झांककर नीरजा ने देखा तो सागर में भी मानो बाज़ार लगा था।

छोटी-छोटी नावों पर व्यापारी सामान लादे नीचे से ही यात्रियों से मोल-तोल कर रहे थे। नीरजा और धीरज को देखते ही सब अपना-अपना सामान उठा-उठाकर दिखाने लगे। साथ में दाम भी बोलते जा रहे थे। इनकी ओर से कोई उत्साह न पाकर स्वयं ही मूल्य घटाने लगे। "बीस नहीं तो पन्द्रह लीरा (इटालियन मुद्रा) ही सही। चलिए, दस दे देना···।" कुछ यूरोपियन यात्री यह देख-देख कर हंस रहे थे। उनके लिए अच्छा तमाशा था यह। नीरजा हट आई। उसे भारत याद आ गया। दो दिन में ही यूरोप का ऐश्वर्य पीछे रह गया था। सजी-सजाई लम्बी-चौड़ी दुकानें, दुकानों के एक दाम, सब कहीं लुप्त हो गए थे। सामने आ रही थी एशिया, मध्य एशिया की गरीबी, एक-एक वस्तु के दामों की झिक-झिक, व्यापारियों के चेहरे पर गोरे चेहरों को देख लोलुपता···। मुड़ते हुए बोली, "धीरज, ये लोग नीचे से हल्ला क्यों कर रहे हैं? यह भी कोई बेचने का तरीका है?"

धीरज उसकी मनोदशा को समझ गया था। गम्भीरता से बोला, "ऊपर आने का आज्ञापत्र नहीं है न इनके पास। नीचे से ही थोड़ा-बहुत दुगुने-तिगुने दामों पर बेच देते हैं। चलो, कुछ खरीद लाएं।···" वे लोग आगे बढ़ आए। नीरजा की इच्छा क्रय करने की नहीं थी। डेक. पर टिकट संग्रह बेचने वालों से लेकर गलीचे और चमड़े के सामान के विक्रेता तक सभी थे। यूरोपीय महिलाएं अधिकतर धातु के बने आभूषण खरीद रही थीं और भारतीय-पाकिस्तानी यात्री गलीचों, दरियों आदि का क्रय कर रहे थे। तभी एक लड़का छोटे-छोटे ऊंट बेचता हुआ आ गया। बड़े सुन्दर ऊंट थे, छोटे-छोटे चमड़े के सफेद ऊंट। लाल-हरी डोरियों से बंधे। और धीरज ने एक ऊंट खरीदकर नीरजा को दिया। बोला, "घर पहुंचकर कभी इस मेहता नामी ऊंट को भी याद कर लिया करना।"

नीरजा धन्यवाद करने जा रही थी कि माथुर साहब की छोटी

लड़की 'अंकल, अंकल' करती आ गई। मेहता का हाथ पकड़कर बोली, "मेहता अंकल! मम्मी आपको बुला रही हैं।"

"चलो नीरजा, कान्ति बुला रही है।" धीरज ने कहा।

"नहीं, तुम जाओ। मैं यहां बैठूगी, थक गई हूं खड़े-खड़े।" नीरजा ने बैठते हुए कहा।

धीरज कुछ अनिच्छा से वहां से चला गया। नीरजा बैठी तो एक-एक कर बेचने वाले उसके इर्द-गिर्द मंडराने लगे। "चाकू लो, भाला लो, स्टैम्प लो। चीप—वैरी चीप—।" नीरजा घबरा गई, किसी तरह पीछा छुड़ा कवर्ड डेक में पहुंची। वहां कुछेक स्त्रियां पहले से बैठी थीं। एक पतली-दुबली, गोरे रंग की लड़की बैठी थी। पास में तीन वर्ष का लड़का बैठा था। नीरजा ने भी बराबर की कुर्सी ले ली। वह बोली, "आप बम्बई जा रही हैं?"

"हां," नीरजा ने उत्तर दिया, "और आप?"

"मैं कराची जा रही हूं।" उसने कहा।

"अच्छा! आप ऊपर नहीं आतीं अधिक?"

"बच्चों की वजह से निकलना नहीं होता है। सलमा मेरी छोटी लड़की है। अभी सोई तो मैं ऊपर आ गई। आप भी इंगलैण्ड से आ रही हैं?" उसने पूछा।

"नहीं। मैं जिनेवा से आ रही हूं।" कुछ देर के बातचीत के कम से नीरजा समझ गई कि उस लड़की को अंग्रेज़ी नहीं आती। पर वह इतनी सुन्दर और भोली थी मानो मुस्लिम नारी का आदर्श प्रतीक। बात इतने सलीके से करती थी। उसका लड़का भी भोला-भाला था। ठीक मां जैसा। धीरे-धीरे बराबर की कुर्सियों पर भी यात्री महिलाएं आ बैठीं। एक मिसेज़ शर्मा थीं, पति उनके डॉक्टर थे। वह मथुरा जा रहे थे और एक स्थूलकाय मद्रासी महिला थीं। उनके पति का सम्बन्ध एम्बेसी से था। बातों का रुख अधिक-तर क्या-क्या सामान वे लोग ले जा रही हैं, इसी ओर था। एक

कपड़े धोने की मशीन ले जा रही थी तो दूसरी कार। नीरजा बुरी तरह ऊब उठी। मिसेज़ शर्मा नीरजा की साड़ी की तारीफ कर रही थीं। बोलीं, 'मैं तो अदन से काफी साड़ियां लेने वाली हूं। सुना है, वहां बड़ी सस्ती मिलती हैं।"

तभी ब्रदर डेनिस वहां से गुज़रे। उन्हें देखते ही नीरजा उठ खड़ी हुई। नमस्कार कर पूछा, ''इकबाल भाई कहां हैं?"

"वह तो कुछ अन्य यात्रियों सहित मित्र के पिरामिड देखने गया है। आपकी चोट अब कैसी है?"

"अब तो ठीक है।"

"मुझे धीरज ने बताया था। मैं भी उसी के केबिन में हूं न। बड़ा चिन्तित था वह तुम्हारे लिए।"

"बहुत उदार हैं डॉक्टर मेहता।" नीरजा ने कहा।

"ए रियल जैण्टिल मैन।" डेनिस ने कहा।

बातें करते ये लोग खुले डेक पर आ गए। बाज़ार की सरगर्मी कुछ कम हो चली थी। डेनिस ने पूछा, "नीरजाजी, कुछ लीजिएगा?"

"नहीं डेनिस भाई! यह ऊंट डॉक्टर मेहता ने दिलवा दिया, बहुत हुआ। मैं तो पहले ही दबी हूं सामान से। मुझे तो यात्रा में अधिक लेकर जाना अखरता है।'' डेनिस ने खुली जैकेट पहन रखी थी। एकाएक नीरजा पूछ बैठी, "आपको देख लगता नहीं, आप रिलीजियस प्रोफेशन में होंगे। आप तो विद्यार्थी जैसे लगते हैं।"

डेनिस हंस पड़ा। बोला, "चेहरे अधिकतर ऐसे ही हुआ करते हैं। आप शायद जानना चाहती हैं, मैं कैसे पादरी हो गया! पहले समय में तो लोग तृप्ति हो जाने पर संन्यास लिया करते थे। आजकल कुण्ठा के मारे अधिकतर संन्यास ले लेते हैं। मगर मेरे साथ ऐसा कुछ नहीं हुआ था। मेरे लिए तो गिरजा भाग्य में ही लिखा था शायद।" डेनिस गम्भीर था और नीरजा तन्मयता से सुन रही

थी।"किसी दुर्भिक्ष या महामारी में मेरे माता-पिता मर गए थे। ऐसा हमारे देश में हुआ ही करता है, किन्तु मृत्यु से पहले मुझे ईश्वर की भेंट चढ़ाते गए थे। जिस गिरजे में मैं हूं, उसके बूढ़े फादर को मैं सीढ़ियों पर पड़ा मिला था। रो-रोकर वहीं सो गया था। उन्होंने ही मुझे बेटे की तरह पाला; किन्तु कभी मुझे यह जीवन अपनाने को बाध्य नहीं किया। वह स्वीडन के थे और वर्षों से भारत में ही बस गए थे। मृत्यु से पहले वह मेरा स्केण्डीनेविया का ट्रिप पक्का कर गए थे। वहां मैं चर्च देखने गया था। ऐसी उन्हींकी इच्छा थी। मैं चाहूं तो यह छोड़ सकता हूं, किन्तु मुझे बड़ी आत्म-शान्ति मिलती है इस काम में। अधिकतर मैं अनपढ़ बच्चों को पढ़ाता हूं और दवाइयां वितरण करता हूं। पश्चिमी देशों को देख तो मेरी धारणा दृढ़ हो गई है, अभी बहुत कुछ करना है। और जो कर पाऊंगा, वह भी थोड़ा है।'' ब्रदर डेनिस बहुत कम बोलने वालों में से थे। इतना बोलना ही उनके लिए पर्याप्त हो गया।

बहुत देर तक न नीरजा ही कुछ बोली, न वही। तभी पीछे से किसीने कहा, "क्यों भई, इन्हें भी कन्वर्ट कर दिया क्या? या मौन व्रत दे दिया है?"

धीरज को देख डेनिस उठ खड़ा हुआ। बोला, "तुम्हें ही खोज रहा था। यह चिट्ठी और आई थी तुम्हारे नाम।"

धीरज अपना पत्र देखने लगा। देखकर जेब में रख लिया। बोला, "नीरजाजी, आपको जहां पर छोड़कर जाओ, वहां से आप सदा अदृश्य हो जाती हैं। आया तो आप चली गई थीं।"

"हां, मैं अन्दर बैठी थी। कान्तिजी कहां हैं?"

"नीचे गई हैं सामान रखने। बहुत-सी शॉपिंग करनी थी। मोल-तोल करने को मुझे बुलाया था। माथुर तो गया है पिरामिड देखने।"

"आप नहीं गए?" नीरजा ने पूछा।

"नहीं, मैं एक बार देख चुका हूं।"

लंच की घंटी बजने लगी। रास्ते में धीरज ने कहा, "आज रात को डेनिस भाई भजन सुनाएंगे। ऊपर आइएगा डिनर के बाद?"

"अच्छा, यत्न करूंगी।" नीरजा ने उत्तर दिया। डेनिस से विदा ले नीरजा अपनी लंच टेबल पर आ गई। शायद बहुत-से यात्री पिरामिड देखने गए थे। इधर की मेज़ें बहुधा खाली थीं। नीरजा मीनू कार्ड देख रही थी। तभी उसके पीछे वाली टेबल पर हंगामा होने लगा। आज तीन दिन से यही हो रहा था। उस टेबल पर जो यात्री भाई थे, उनकी नोंक-झोंक वेटर से चलती रहती थी। नीरजा का ध्यान उधर गया तो सुना, खाने को लेकर झड़प हो रही है।

नीरजा को अपनी ओर देखते देख, जो चश्माधारी थे, वह बड़े उत्तेजित स्वर में बोले, "देखिए, इन लोगों को। क्या घास खाने के लिए ले आते हैं, या दो पकोड़े रख लाते हैं प्लेट में! बस, हो गया लंच-डिनर।" वह बोले जा रहे थे। उनकी मेज़ की दोनों कुर्सियां रिक्त थीं। वेटर भी खड़ा इटालियन भाषा में बड़बड़ा रहा था।

इस तरह शोर करना नीरजा को बहुत अभद्र लगा। उठकर वह उस मेज़ पर आ गई। बोली, "मेरे योग्य कुछ काम हो तो बता दीजिए।"

नाम उनका गुप्ताजी था। धर्मदास गुप्ता। बोले, "मैं शाकाहारी हूं मैडम! और तीन दिन से ये लोग कभी कुछ, कभी कुछ ले आते हैं खाने को। कल सूप मंगाया वैजिटेबल, तो उसमें हड्डी निकल आई। सारा दिन तबीयत खराब रही। अब फिर सूप लाया है, मैं तो खाऊंगा नहीं।"

नीरजा ने वेटर को कुछेक चीज़ों का ऑर्डर दे दिया। बोली, "गुप्ताजी! मैं भी मीट नहीं खाती। जो मैं खाया करती हूं, वही आपके लिए मंगवा दिया है। आपको प्रतिदिन एक-सा खाना बुरा लगेगा; पर मेरी समझ में आप चावलों के साथ टमाटर का सूप

और कटलेट ले लीजिए। खाने में भी बुरे नहीं हैं।" और नीरजा ने बैरे को अंग्रेज़ी के स्थान पर जर्मन भाषा में समझा दिया कि खाने के साथ गुप्ताजी को पुडिंग इत्यादि का डबल सर्विंग दे दिया करे।

नीरजा के नम्र व्यवहार से इटालियन वेटर प्रसन्न हो गया था, और भाग-भागकर सामान ला रहा था। उस दिन नीरजा ने भी गुप्ताजी की मेज़ पर ही उनके आग्रह पर खाना खाया। गुप्ता-जी अधेड़ और वृद्धावस्था के बीच के थे। यही पचपन और साठ के लगभग। आंखों पर मोटा-सा चश्मा, खिचड़ी वाल। उन्होंने बताया कि वह छः सप्ताह के लिए अमरीका गए थे। देहली विश्वविद्यालय में लेक्चरर हैं। उन्हें पश्चिम बिलकुल पसंद नहीं आया। छः सप्ताह में ही ऊब गए वह। आधे से अधिक समय फलों पर जीवित रहे; पर अन्न की पूर्ति फल से होती नहीं। डबलरोटी उनसे खाई नहीं जाती। उन्हें घर की बहुत याद आती थी। गुप्ताजी बोलते चले जा रहे थे। जहाज़ की यात्रा करते उन्हें दस दिन हो गए थे। अमरीका से इटली भी वह जहाज़ से आए थे। बड़ा बोर हो गए थे इतने में ही। यूरोपियन भाषाएं उन्हें आती नहीं थीं। आज नीरजा के सम्पर्क में बड़े प्रसन्न थे। बात करने का सुअवसर मिला था उन्हें। बताया कि उनका बड़ा लड़का तो नीरजा का ही हमउम्र होगा। नीरजा सुनती रही, बीच में 'हां-हूं' कर देती।

जैसे-तैसे भोजन समाप्त हुआ। गुप्ताजी ने उसे ताश खेलने का निमन्त्रण दे दिया। नीरजा के पास कुछ काम नहीं था करने को। नीचे केबिन में उसकी तबीयत घबराती थी। लगता था, किसीने पिंजरे में बन्द कर दिया हो। अनमनी-सी नीरजा ने हां कर ली।

जहाज़ पोर्ट सईद से चल चुका था और डेक खाली हो गया था। दुकानें उठ चुकी थीं। जहाज़ स्वेज़ कैनाल में बह रहा था। गुप्ताजी नीरजा को भौगोलिक महत्त्व बता रहे थे। और नीरजा

सुन नहीं रही थी। बस, देख रही थी, रेतीले, ऊंचे-ऊंचे कगारों को। सोच रही थी कि यह शान्त मरुस्थल कुछ ही वर्ष पहले विध्वंस की क्षेत्र-भूमि हो गया था। आज उसका कोई चिह्न शेष नहीं। अपनी उदारता से धरा ने फिर झाड़-झंखाड़, पेड़-पौधों से इसे हरा-भरा कर दिया। जाने कितने श्मशान, तूफान धरती अपने गर्भ में छुपा लेती है, सह लेती है, और नीरजा···वह तो एक ही आघात में डोल गई। नीरजा को सुकान्त याद आ गया।

गुप्ताजी अपनी ज्ञान-प्रदर्शनी समाप्त कर वहां से हटे। बोले, "आओ, खान साहब को ढूंढ़ लें। फिर रमी खेली जाए।"

ओपन डेक में आए तो नीरजा ने देखा, वहां के स्विमिंग पूल पर का नेट हटा लिया गया था और पूल स्वच्छ पानी से भरा था। पूल की दीवारें नीले सीमेंट की थीं। पानी भी नीला चमक रहा था। बहुत-से यात्री, अधिकतर यूरोपियन यात्री, तैरने की तैयारी कर रहे थे। आज वास्तव में ही गर्मी थी। डेक की तपन सहन नहीं हो रही थी। परसों तक कितनी सर्दी थी! नीरजा को एक इटालियन कहानी याद आ गई। उसमें नायक को बसन्त का पीछा करने का शौक था। कोई बिगड़ा रईस था वह, मोटर-रेस का शौकीन। एक देश से दूसरे देश तक कार दौड़ाता रहता, बसन्त ऋतु की खोज में। जब कहानी पढ़ी थी, तब नीरजा को विश्वास नहीं हुआ था कि वास्तव में मौसम इतने भिन्न होते हैं, एक ही समय में। गुप्ताजी को तैराकों के, विशेषकर स्त्री-तैराकों के नग्नप्रायः शरीर देखकर अरुचि हो रही थी। वह लाउंज की ओर चले गए। नीरजा से भी स्वेटर में वहां की गर्मी सहन नहीं हो रही थी। लाउंज में ठंडक थी। हवा चारों ओर से आ रही थी। खान साहब भी वहीं मिल गए। गुप्ताजी ने परिचय कराया। खान साहब भी गुप्ताजी के ही हमउम्र थे। लम्बी दाढ़ी रखे थे। कुएटा के रहने वाले थे। नीरजा को सम्बोधन के स्थान पर बेटी-बेटी कहते थे। ताश भी जम गया।

बड़ी तन्मयता से खेल रहे थे ये लोग। आज धीरज-सा हंसाने वाला इनमें नहीं था।

बीच में खान साहब कोल्ड-ड्रिंक्स लेने गए तो नीरजा ने लाउंज में चारों ओर नज़र घुमाई। एक मेज़ पर कान्ति, धीरज और दो कोई और बैठे थे। नीरजा फिर से पत्ते फेंटने लगी।

नीरजा बराबर हार रही थी। खेल समाप्त हुआ तो खान साहब अपने विषय में बताने लगे। वह एक अरसा से इंगलैंड में बस गए हैं। कभी-कभार वतन हो आते हैं। गुप्ताजी ने पूछा, "आप तो कई बार यात्रा कर चुके हैं। सुना है, अदन में सब चीजें बहुत सस्ती हैं। मैंने इसीलिए अभी कुछ लिया नहीं। लड़के ने कैमरा मंगवाया है और मैं एक टेपरिकॉर्डर लेना चाहता हूं मैंने तो पहले कभी इन चीज़ों को बरता नहीं इसीलिए पहचान भी नहीं। अपि ज़रा मदद करना खरीददारी में—क्योंकि सुना है, अदन में लूटते बहुत हैं।"

खान साहब तपाक से बोले, "क्यों नहीं। मेरे साथ रहिएगा। मुझे वहां की भाषा भी आती है। वैसे कैमरे के बारे में मुझे कुछ पता नहीं। यह तो नीरजा बताएगी। क्यों बेटी, तुम्हें तो शौक होगा फोटोग्राफी से?"

"जो थोड़ा-बहुत मुझे पता है, ज़रूर बता दूंगी।" नीरजा ने गिनाया, "कैमरों में रौलीफ्लैक्स, रौलीकार्ड, अग्फा का आप्टीमा, जाइस का काण्टाफ्लैक्स इत्यादि अच्छे कैमरे हैं। कुछ सस्ते कैमरे भी हैं।"

गुप्ताजी दोनों हाथ हवा में हिलाते हुए बोले, "आप इकनॉमिक्स के विषय में बात करें तो मैं बता दूं; पर ये अटपटे नाम अपनी समझ में नहीं आते। तुम्हीं दिलवा देना, जो ठीक समझो। अधिक से अधिक चार सौ का होना चाहिए। तुम तो चलोगी न अदन?"

"अभी तक तो कोई विचार था नहीं। मुझे कुछ खरीदना भी नहीं। वैसे जहाज़ किस समय पहुंचेगा वहां?" नीरजा ने कहा।

उत्तर दिया खान साहब ने। बोले, "जहाज़ तो रात में बारह बजे पहुंचकर तीन बजे वापस चलेगा, पर तुम हमारे साथ रहोगी तो कोई चिन्ता नहीं।"

"तो क्या अदन में रात-भर दुकानें खुली रहती हैं?"

"हां, कुछ खास दुकानें रात-भर खुलती हैं।"

"अरे, चार बज गए!" नीरजा ने विस्मय से कहा। वह भी इनके साथ ही चाय को गई। दो-तीन घण्टे तक साथ रहकर वह ऊब चली थी; पर खान साहब मानते ही नहीं थे। चाय पीते नीरजा खामोश थी। बात अधिकतर राजनीतिक विषयों पर हो रही थी। नीरजा हैरान थी कि वह क्यों अकेली पड़ते ही उदास हो जाती है। क्यों उसका मनहूस मूड लौट आता है। चाय पीकर वह केबिन में आ गई। वह पूरी तरह डिप्रेस्ड हो गई थी और किसीसे बोलना नहीं चाहती थी। केबिन की चारदीवारी में घबराने लगी तो चादर से सिर ढंककर सो गई।

नीरजा सोती रही। कब डिनर की घण्टी बजी, उसे नहीं मालूम। उठी तो आठ बज रहे थे। एक अंगड़ाई ले गर्म पानी से हाथ-मुंह धो कपड़े बदले। उसकी एक काली साड़ी थी, जिसमें छोटे-छोटे सितारे जड़े थे। बहुत कम पहनती थी उस साड़ी को। उसने पोर्टहोल में से आकाश को सितारों से जड़ा देख, यही साड़ी पहनी और बालों को लम्बी चोटी में गूंथ लिया। नीरजा को भूख लगी थी, पर अब खाना मिलेगा नहीं। केबिन में ही बैठी रही तो अवश्य मतली हो जाएगी। ऊपर आ गई। कभी नीरजा के नौकर रामू ने तोता पाला था। वह पिंजरे में बैठा-बैठा थक जाता तो पिंजरे में लटकते रिंग को पकड़ झूलने लगता। नीरजा को भी यह जल-यात्रा वैसी ही लग रही थी। केबिन में बोर हो जाओ तो ऊपर

आ जाओ। ऊपर थक जाओ तो केबिन में सो रहो।

ऊपर पहुंचते ही धीरज मिला, "तो आप आ गईं! चलिए अच्छा हुआ, नहीं तो मुझे बुलाने जाना पड़ता। डेनिस भी अभी आ रहा है। अपनी ढफली लेने गया है।"

नीरजा को याद ही नहीं रहा था कि धीरज ने डेनिस का गाना सुनवाने का निमन्त्रण दिया था। हंसकर बोली, "आती कैसे नहीं, तुम्हारा डर जो था।"

नीरजा की साड़ी के सितारे अन्धकार में चमक उठे थे। सबकी नज़रें उसी ओर उठ रही थीं। नीरजा को कुछ संकोच होने लगा। वह नर्सरी के पीछे वाले कॉर्नर बेंच पर चली गई।

बैठते ही धीरज ने कहा, ''आज फिर खाना 'मिस' कर दिया तुमने? क्यों करती हो ऐसा?" धीरज के स्वर में अधिकार था और भी जाने क्या था।

आश्चर्य से उसकी ओर देखते हुए बोली नीरजा, "आप इतना खयाल कैसे रख पाते हैं हमारा? जहाज़ में इतने यात्री हैं···।"

धीरज क्षण-भर उसकी ओर देखता रहा। बोला नहीं। फिर दूसरी ओर देखने लगा।

धीरज उसकी ओर नहीं, जल पर पड़ते बिम्ब को देख रहा था। नीरजा की समझ में नहीं आया, क्या करे। धीरज के इस रूप से वह परिचित नहीं थी और वह इतना गम्भीर था कि कुछ कह नहीं सकी। हाथ पर हाथ धरे बैठी रही।

अचानक पीछे से किसीने कहा, "भई, मेहता को ढूंढना हो तो मिसेज़ वर्मा को ढूंढो और वाइस वरसा···।" आवाज़ कान्ति माथुर की थी।

नीरजा तिलमिला गई। क्षोभ उसके चेहरे पर उतर आया। धीरज को भी बुरा लगा। उसके लिए जगह बनाता बोला, "शुक्र करो, ढूंढ़ तो लिया तुमने! इतना भी नहीं कर पातीं तो क्या

होता?"

कटु व्यंग्य था उसकी वाणी में। कान्ति ने समझा, नहीं मालूम। डेनिस भी आ गया तभी। धीरज फिर से स्वस्थ दीख रहा था। पहले-सा ही हंस-मुस्कराकर डेनिस से कुछ सुनाने को कह रहा था।

डेनिस बोला, "मेहता! पहले लेडीज़ को सुनाने दो। मैं तो डफली ले ही आया, अवश्य गाऊंगा। लेकिन पीछे भीड़ हो गई तो ये लोग नहीं सुनाएंगी। नीरजाजी से सुनने की विशेष इच्छा है।"

नीरजा ने कहा, "मुझे तो गाना आता नहीं। कान्तिजी सुनाएगीं।"

"हां, कान्तिजी, सुनाइए! आप गाती भी तो बस कमाल हैं।"

दो बार और आग्रह करने पर कान्ति ने एक गीत गाया। नीरजा ने विस्मय से देखा। इस कुरूप-सी कान्ति का गला वास्तव में ही बांसुरी-सा था। गीत सुन उसकी कड़वाहट भी बहुत कुछ कम हो गई। कान्ति ने दूसरा गाना आरम्भ किया। संगीत-शास्त्र में पूर्ण पटु थी वह। कान्ति के बाद सब नीरजा को कहने लगे, पर उसके लिए गाना असम्भव हो गया। एक तो वह गाती ही कम थी, दूसरे अच्छे गाने वाले के सामने गा ही नहीं पाती थी। वह धीरज से आग्रह कर रही थी, "डाक्टर मेहता, आप ही सुना दीजिए! प्लीज़! मैं नहीं गा सकूंगी।"

अन्त में डेनिस ने ही आरम्भ किया। शुद्ध हिन्दी में भजन थे। डेनिस डफली बजा-बजाकर गा रहे थे। इतनी मधुरता से कि सुनकर सब विभोर हो गए। न आवाज़ सधी थी, न उन्हें शास्त्रीय संगीत का ही विशेष ज्ञान मालूम पड़ता था; पर एक-एक भजन में आत्म-विस्मृत कर देने की क्षमता थी। कई हिन्दी के भजन सुना, दो प्रार्थना गीत उन्होंने अंग्रेज़ी के सुनाए। जब तक वह गा चुके,

डक का वह कोना यात्रियों से दूर-दूर तक भर गया। एशियाई, यूरोपीय—सभी एकत्रित थे वहां। डेनिस को बस करने नहीं दे रहे थे। "एक और, एक बार और! प्लीज़!"

नीरजा को लगा, डेनिस थक गया है। घण्टा-भर से गा रहा था; पर विवश वह गाता ही जाएगा। बोली, "अब कान्तिजी सुनाएंगी।"

भीड़ में कुछेक शायद अधिक सरस चीज़ सुनना चाहते थे। उन्होंने नीरजा का समर्थन किया। कान्ति ने दो-एक गीत और सुनाए। तभी फरमाइश हुई, "कोई पंजाबी गीत मिस सिंह सुनाएं।"

नीरजा ने देखा, सलवार-कमीज़ में एक गौर वर्ण की महिला थी। तीस के लगभग होगी। हाथ में कड़ा था। उन्हें ही कुछ लड़के घेरकर कह रहे थे। नीरजा उठ खड़ी हुई। उन्हें बैठने को स्थान दिया।

एक बार रुख पंजाबी गीतों की ओर हुआ तो फिर पलटा नहीं। कान्ति को उसकी लड़की बुलाकर ले गई। डेनिस भी चला गया। उसकी प्रार्थना का समय हो गया था। गीतों से हटकर अब टप्पे आरम्भ हो गए। वही महिला बड़े हाव-भाव से टप्पे सुना रही थी। सब उनका अनुसरण कर रहे थे और एक-एक पंक्ति पर 'वाह-वाह' हो रही थी। मानो सितार के स्थान पर शादी का बैण्ड बजने लगा हो। सारा डेक गूंज रहा था। नीरजा थक चली। वह और धीरज चले आए। संगीत-गोष्ठी के चारों संस्थापक जा चुके थे। रह गए थे और लोग।

नीरजा सारी दोपहर-शाम सोई थी। उसे अभी नींद नहीं आ रही थी। हवा भी बड़ी मादक चल रही थी। न सर्दी थी, न गर्मी। दूर कहीं-कहीं घरों की रोशनी टिमटिमाती दीख जाती। कैनाल के दोनों ओर बस्ती थी। कभी-कभी किसी गुज़रते कारवां के ऊंटों की घंटियां टनटना जातीं। लाउंज खाली था।

धीरज दो कुर्सियां खिसकाकर रेलिंग के पास ले आया। यहां से जल दिखाई दे रहा था। कुछ देर दोनों चुप बैठे। उधर डेक पर हथेली से ताल दे-देकर टप्पे जारी थे।

"मैं तो भूल ही गया था। लो, यह सेब लाया था तुम्हारे लिए। तुमने खाना खाया नहीं, यही खा लो। चाकू भी नहीं है। ऐसे ही खाना होगा।" धीरज ने बोलने की पहल की।

नीरजा चुपचाप खाती रही। पंजाब के यौवन से भरे टप्पे समाप्त हो चुके थे और किसीने हीर गाना आरम्भ कर दिया था :

'डोली चढदयां मारियां हीर चीकां···

मैनूं लै चले लै चले बाबुलां···'

धीरज स्वयं में खोया था। बोला, "इन्सान बहुत-सी बातें भूल जाता है। किस-किस को याद रखे? लेकिन यह रात मैं भूल नहीं सकूंगा नीरजा, शायद कभी भी नहीं!"

"कैसी बातें किया करते हो धीरज? अच्छा, मैं जा रही हूं, बहुत रात हो गई है...।"

धीरज के उत्तर की प्रतीक्षा किए बिना नीरजा चली आई। वह विचलित थी। धीरज के साथ और अधिक बैठना नहीं चाहती थी। कॉरीडोर का बड़ा घण्टा रात के बारह बजा रहा था और सोचती-सी नीरजा अपने केबिन में लौट रही थी।

नाश्ता समाप्त कर नीरजा कार्ड रूम की तरफ जा रही थी। उसे कुछ कागज़ लेने थे चिट्ठियां लिखने को। कार्ड रूम में पहले से ही कुछ लोग पत्र इत्यादि लिख रहे थे। वहां इकबाल मिल गया। देखकर नीरजा को प्रसन्नता हुई। बोली, "आप कब वापस आए? कैसा रहा आपका ट्रिप?''

"आज सुबह ही आया था पिरामिड देखकर। वैसे मैंने देखा है। कि जिस चीज़ के बारे में ज़्यादा तारीफ सुन रखी हो, वह उतनी

अच्छी नहीं लगती। खैर, ऊंटों की सैर की खूब। सुना है, तुम्हें चोट आ गई थी पीछे ? अब कैसी हो नीरजा बहन ?"

"अच्छी हूं। आप तो इतना मग्न होकर लिख रहे थे कि मैंने सोचा, शायरी कर रहे हैं।" नीरजा भी एक कुर्सी खींचकर बैठ गई थी।

हंसते हुए इकबाल बोला, "वाह, खूब रही! शायरी और कार्ड रूम में। वे से शायरी से कम नहीं जो लिख रहा हूं। अपनी मंगेतर को चिट्ठी लिख रहा हूं।" इकबाल की आंखें प्रसन्नता और गर्व से चमक रही थीं। लगता था, जिसे पत्र लिख रहा है, उससे मिलने को बहुत उत्कण्ठित है।

कौतूहल से नीरजा ने कहा, "अच्छा, तो यह बात है! कोई तस्वीर हो उनकी तो हमें भी दिखाइए न ?"

"आपको दिखा दूंगा।" अन्दर की जेब से इकबाल ने अपने बटुए में से एक छोटी-सी फोटो निकाली। बड़ी सहेजकर रखी थी। बोला, "यह है मेरी रुक्कइया बेगम नीरजा बहन! जब से महसूस करने की अक्ल आई, तभी से इसे अपना मानता आया हूं।" इकबाल की आंखों में नमी-सी आ गई थी।

पतली-दुबली, नाजुक-सी लड़की थी। सोलह बरस की लग रही थी।

"बहुत सुन्दर है।'' कहकर नीरजा ने चित्र लौटा दिया।

इकबाल बोला, "खूबसूरती कई तरह की होती है। रुक्मा सभी तरह से खूबसूरत है।"

"इकबाल भाई! आप लोगों में तो नज़दीकी रिश्तेदारी में भी शादी हो जाती है न ?" नीरजा ने पूछा।

"हां, रुक्मा भी मेरे रिश्ते के चचा की बेटी है। मुझे इन्हीं चचा ने पाल-पोसकर बड़ा किया। वालदेन तो सन् सैंतालीस के दंगों में..."

"ओह!'' कह नीरजा ने सिर झुका लिया।

कुछ देर दोनों चुप रहे। इकबाल ही बोला, "चलिए। ऊपर चलें! यहां तो सिगरेट के धुएं ने बोर कर दिया···।"

"आप खत तो लिख लीजिए!"

"वह तो मैं कब का लिख चुका। अभी तो बैठा उसमें और जोड़ा-जाड़ी कर रहा था। एक शे'र याद आ गया था। वही लिख रहा था। चलिए।"

जहाज़ स्वेज कैनाल से निकल रक्त महासागर में आ गया था। दोनों ओर के रेतीले कगार अब नहीं थे। बस, जल ही जल था। इकबाल और नीरजा डेक पर टहलते रहे। रुक्कइया की बहुत-सी बातें बता रहा था इकबाल। उसके निश्छल प्रेम से नीरजा प्रभावित हो गई। "इकबाल भाई, आप दोनों सदा खुश रहें, ऐसी मेरी कामना है।'' नीरजा ने एकाएक कहा।

"शुक्रिया नीरजाजी! आप कभी आना हमारे वतन। रुक्कइया आपसे मिल बहुत खुश होगी।"

"देखिए! ज़िन्दगी के साथ उम्मीद कायम है।" कहने को कह दिया नीरजा ने।

तभी धीरज मिला। कुछ देर दोनों के पास रुका। नीरजा से संक्षिप्त अभिवादन ही किया उसने। नीरजा भी अधिक नहीं बोली। धीरज के जाने के बाद नीरजा ने इकबाल से भी विदा ली। इकबाल केबिन में चला गया और नीरजा लाउंज में जा बैठी। अपनी छोटी बच्ची को गोद में उठाए मिसेज़ शर्मा भी वहीं आ गईं। नीरजा ने मुस्कराकर अभिवादन किया।

मिसेज़ शर्मा बातचीत करने में बुरी नहीं। बोलीं, "मिसेज़ वर्मा! स्विट्ज़रलैंड कैसा लगा आपको? मैं तो केवल दो दिन के लिए गई थी एक दफे।"

"देश तो बहुत सुन्दर है, लेकिन लोग बड़े रूखे-रूखे हैं। अधिक

मेल-जोल नहीं बढ़ाते विदेशियों से। सुना है, अंग्रेजों का भी व्यवहार बड़ा रूखा होता है हिन्दुस्तानियों से?" नीरजा ने कहा।

"अंग्रेज़ ही क्या, यूरोप के सभी देशों में यही हाल है। दो-एक दिन को जाओ तो शायद कोई दोष नज़र नहीं आता। मगर रहकर पता चलता है कि वास्तव में बड़े संकीर्ण हृदय के लोग होते हैं। वैसे पांचों उंगलियां बराबर भी नहीं होतीं। कुछेक अंग्रेज़ तो बहुत ही सहृदय मिले हमें। एक मिस्टर ग्रे थे। और भी कई लोग अच्छे थे। हां, कल रात आपकी संगीत-गोष्ठी बहुत जमी। आपने क्यों नहीं गाया?"

"अरे आप भी वहां थीं क्या? भई, मैं तो कभी पब्लिक में गाती नहीं। वैसे मिस या मिसेज़ सिंह, जो भी थीं, बहुत टप्पे इत्यादि गा रही थीं। अच्छा गाती हैं।" नीरजा ने कहा।

मिस सिंह के नाम से मिसेज़ शर्मा बड़े रहस्यपूर्ण ढंग से मुस्कराई। नीरजा ने पूछा, "क्यों, क्या बात है?"

कुर्सी तनिक निकट खिसकाती मिसेज़ शर्मा ने धीरे से कहा, "बड़ी अजीब-सी औरत है वह। मुझे तो उसका रंग-ढंग समझ नहीं आता।"

"क्यों?'' नीरजा को विस्मय हो रहा था।

"वह भी इंगलैंड से आ रही हैं। पर अता-पता कुछ मालूम नहीं। हस्बैंड का भी मालूम नहीं कि है या नहीं। मेरे बराबर के केबिन में ठहरी हैं। रोज़ ऊधम होता है वहां। पता नहीं कौन कौन-लड़के जाते-आते रहते हैं। अभी देखना, आएगी तो पांच-चार से घिरी होगी। जिधर देखो, "मिस सिंह, मिस सिंह!' सिगरेट पीते तो मैंने देखा है। मुझे यकीन है कि ड्रिंक भी करती है···।"

नीरजा विमूढ़-सी बैठी रही। तो जहाज़ में भी ये सब बातें चलती हैं! यहां भी समाज बन जाता है और उचित-अनुचित की टीका-टिप्पणी होती है! नीरजा को कुछ अच्छा नहीं लगा।

मिसेज़ शर्मा बेबी को दूध पिलाने ले गईं तो भी नीरजा बैठी रही।

लंच भी उसने चुपचाप खाया। उसकी मेज़ पर जो जर्मन महिला आती थी, आज वह भी नहीं थी। किसीने बताया, उनके बच्चे को खसरा निकला है। डॉक्टर ने 'कुआरण्टिन' किया है। खाने के बाद आज फिल्म शो था। नीरजा को कुछ काम था नहीं, वह भी देखने गई; पर मन नहीं लगा। फिल्म जगह-जगह से काटकर छोटी की गई थी। फिल्म समाप्त होने पर जो सज्जन नीरजा के बराबर की कुर्सी पर बैठे थे, उन्होंने बातचीत आरम्भ कर दी। सब लोग जा चुके थे, पर वह यानी मिस्टर भाटिया थे कि नीरजा को अटकाए थे। तभी एक स्टूवर्ड आकर उधर बोला, "आप मिसेज़ वर्मा हैं?"

"हां, क्यों?"।

"ऊपर ओपन डेक पर बुलाया है।" इससे पहले नीरजा पूछ पाती, क्या काम है, वह चला गया।

हत्प्रभ-सी नीरजा ऊपर आई तो मिस्टर राजन ने घेर लिया, "हम तो घबरा गया, मिसेज़ वर्मा! आपका 'वेट' करते, आज मैच होगा डेक टेनिस।"

नीरजा को हंसी आ गई। "बस, इतनी-सी बात मिस्टर राजन!"

मिस्टर राजन गेम्ज़ इत्यादि के इंचार्ज हो गए थे। हिन्दी कठिनता से बोल पाते थे।

नीरजा मिस बत्रस से खेल रही थी। दर्शकों में उसे धीरज दिखाई दिया और नीरजा का हाथ चूक गया। खीझ उठी नीरजा। मिस बत्रस ईसाई लड़की थीं, लखनऊ की। डीलडौल में नीरजा से दुगुनी। एक बार जो नीरजा हारने लगी तो हारती गई। उसका ध्यान उचट गया था। गेम समाप्त हुआ तो नीरजा को सबने घेर लिया, "बैड लक मिसेज़ वर्मा! यू प्ले सो वैल।"

सहानुभूति प्रकट करने वालों में धीरज नहीं था। वह कब कहां चला गया था, नहीं मालूम। मिस बत्रस को बधाई कह नीरजा वहां से हट गई। लड़कियों के बाद लड़कों की प्रतियोगिता थी; पर नीरजा रुकी नहीं देखने को। वह अनमनी थी बहुत।

पता नहीं धीरज नीरजा से बच रहा था या नीरजा धीरज से कतरा रही थी! उस सारे दिन दोनों की बातचीत नहीं हुई। भेंट होने पर भी दोनों पास से निकल जाते। नीरजा ताश भी नहीं खेली। आज गुप्ताजी के आग्रह को भी टाल गई वह। रात का खाना नहीं के बराबर खाकर सीधी केबिन में आ गई।

अगले दिन केबिन में ही सुबह का नाश्ता कर, नीरजा पत्र लिखने बैठी। एमिली को लिखा, हरीश भाई और मां को। अन्त में सुकान्त को लिखने बैठी। कुछ देर समझ नहीं आया, क्या लिखे। छोटा-सा पत्र लिखा उसने भी :

'सुकान्त!

तुम्हारा पत्र पोर्ट सईद पर मिला था। मैं जवाब नहीं दे सकी। तुम चिन्ता न करना। मैं ठीक हूं। खूब मोटी हो रही हैं यहां। लिखना, होटल मिल गया क्या? एमिली की लेटर भी आई थी।

फिलहाल कुछ नहीं चाहिए। रुपये सब वैसे ही रखे हैं। आवश्यकता ही नहीं पड़ती। मौसम बहुत अच्छा रहा। कुछ लोगों से मित्रता भी हो गई है। समय कट रहा है। कल रात अदन पहुंच जाएंगे। शायद मैं भी उतरूं।

अपना खयाल रखना।

—नीरजा'

पत्र जब तक समाप्त हुआ, नीरजा की तबीयत मितलाने लगी। नाश्ता सब ऊपर को आ रहा था। घबराहट से माथे पर पसीना झलकने लगा। परेशान-सी नीरजा उठी तो लगा, जहाज़ बहुत डोल रहा है। पत्र तकिये के नीचे रख नीरजा आ गई। ताला लगाते वक्त

उसे उबकाई आने लगी थी। नीरजा जल्दी से ऊपर पहुंची। खुली हवा में पहुंच जान में जान आई। आज पहली बार उसे इस कदर 'सी सिकनेस' का अनुभव हुआ था। डेक पर तेज़ हवा चल रही थी। कल जो धूप खिल रही थी, उसका कोई चिह्न आज नहीं था। आकाश में भी दूर बादल दिखाई दे रहे थे। अधिकतर यात्री लाउंज में बैठे थे। बाहर मिस सिंह और चार-पांच अन्य यात्री लकड़ी के टुकड़े इधर-उधर करते कुछ खेल रहे थे। मिस सिंह सलवार-कुर्ते में थीं और उनका दुपट्टा गले में लिपटा होने पर भी इधर-उधर उड़ रहा था। छोटे-छोटे कटे बाल बार-बार चेहरे पर आ पड़ते; पर वह खेल में व्यस्त थीं।

नीरजा ने देखा, कुर्सी पर बैठी मिसेज़ शर्मा और कान्ति उन लोगों को बहुत कौतूहल से देख रही हैं। नीरजा डेक पार करती नर्सरी के पास चली गई। वह स्थान प्रायः खाली था। वृद्धा अंग्रेज़ महिला एक पुस्तक पढ़ने में मग्न थीं। पैरों पर उन्होंने कम्बल डाल रखा था। नीरजा ने नर्सरी में झांककर देखा। आज बहुत-से बच्चे थे उसमें। शायद सर्दी के कारण सब उसमें आ गए थे।

नीरजा को अन्दर झांकते देख, भीतर से एक नर्स ने इशारे से उसे बुलाया। बोली, "प्लीज़! मेरी सहायता कीजिए। यह बच्चा चुप ही नहीं होता। पता नहीं, डरता है मुझसे या क्या बात है! मैं थक गई इसे खिलाते-खिलाते। इसकी मां बीमार है और कल रात से यह मेरे पास है।" नर्स थकान से पीली पड़ रही थी और बच्चे के चेहरे पर आंसुओं के मोटे-मोटे निशान थे।

नीरजा ने आगे बढ़कर उसे उठा लिया। बड़ा भारी था वह। नीरजा उसे लेकर बेंच पर बैठ गई। क्षण-भर वह उसको ध्यान से ताकता रहा। फिर नीरजा के सीने से सिर टिकाकर सो गया। सोते हुए भी उसकी हिचकी बंधी थी। लगता था, घंटों रोया था। नीरजा को खयाल आया, शायद नर्स की यूनीफार्म से डर गया वह।

नीरजा के देखते-देखते वह नर्स भी दीवार से टिककर सो गई। इतने शोर में कैसे सो रही है? नीरजा को विस्मय हुआ, पर थकावट ने उसे अचेतप्राय कर रखा था। नीरजा धीरे-धीरे थपकती रही उस गुमनाम बच्चे को। वह अपने समस्त आत्मबल से स्वयं पर विजय पाने के यत्न में थी; पर गोदी का बच्चा, उसकी गूंजती सांसें, उसके शरीर से उठती पाउडर की भीनी गन्ध नीरजा को परास्त किए दे रहे थे।

नर्स की आंख खुली तो नीरजा अभी भी बच्चे को गोद में लिए बैठी थी। बच्चा बेखबर सोया था। कष्ट के लिए क्षमा मांगते हुए नर्स ने बच्चा नीरजा से ले लिया और धीरे से पालने में लिटा, कम्बल से ढंके दिया।

धन्यवाद की प्रतीक्षा किए बिना नीरजा उठ आई। डेक पर हलकी बूंदें पड़ने लगी थीं। मिस सिंह और उनके मित्र भी लाउंज में चले गए थे। माथुर की छोटी लड़की नीरजा के पीछे आई, "आंटी! मम्मी ने बुलाया है आपको।"

पर नीरजा रुकी नहीं, "मेरे सिर में दर्द है।" कहती नीचे उतर गई। उसे लगा, वह रुकी तो रो देगी; पर केबिन में जाकर वह रोई नहीं। पोर्ट होल को पर्दे से ढंक अपने अंधेरे कमरे में प्रेत-सी पड़ी रही।

नीरजा सोती रही, सोकर जागी और फिर सो गई। एक बार उठी, उसे बड़ी ज़ोर की कै हो गई। उसे लगा, वह झूले पर बैठी है। जब तक वह बर्थ पर लौटी, उसकी थर्मस लुढ़ककर नीचे जा पड़ी। हाथ से नीरजा ने गिलास को रोक लिया। झुककर थर्मस उठाने लगी तो दूसरे धक्के में गिलास भी झन्न की आवाज़ करता दूर लुढ़क गया। जहाज़ बहुत अधिक डोल रहा था। बाहर पानी टकराने का शब्द हो रहा था। पता नहीं बारिश की बौछार थी या लहरों का गर्जन था या दोनों ही···।

नीरजा को कै पर कै हो रही थी और केबिन की चीजें एक-एक कर गिर रही थीं, इधर-उधर फैल गई थीं। नीरजा की लिपस्टिक, क्रीम की शीशी, कंघा सब पता नहीं किधर-किधर पड़े थे। अब उसे कै नहीं हो रही थी। उबकाई ही उबकाई हो रही थी और यह कै से भी अधिक तकलीफदेह थी। बीच-बीच में कड़वा पानी मुंह में भर आता। जब तक उसे थूकती, कड़वाहट से घबरा, दुबारा उबकाई आ जाती। उठने की शक्ति नहीं रह गई थी। वह चिलमची के पास कुर्सी पर बैठी थी। गिरने के भय से चिलमची पर सिर टिकाकर कसकर नल पकड़े थी। बाहर कॉरीडोर में शोर सुनाई देता। फिर लहरों की गर्जना में डूब जाता। एक दफा कोई बच्चा चिल्लाया, पर फिर कुछ सुनाई नहीं दिया। नीरजा के गले की नसें अकड़ गई थीं, दर्द से। उल्टी करते-करते वह शिथिल हुई जा रही थी। उसकी चेतना उसका साथ नहीं दे रही थी और वह सचेत रहने का पूर्ण यत्न कर रही थी। धीरे-धीरे वह यत्न भी व्यर्थ लगने लगा। तभी केबिन के द्वार खटखटा उठे। नीरजा उठी नहीं। शायद तूफान के वेग से दरवाज़े बज रहे थे। बाहर खटखटाहट बढ़ गई , "दरवाज़ा खोलो दरवाज़ा··· !'' नीरजा उठी। उसके आगे अंधेरा था। सिर दीवार से टकरा गया और एक ही धक्के में वह दरवाज़े पर जा गिरी। हाथ से टटोलकर उसने हैण्डल घुमाया। लॉक हटते ही किवाड़ मुक्त हो, नीरजा को धकेल ले चला; पर नीरजा दीवार से टकराई नहीं। बीच में ही रोक लिया धीरज ने। बड़ी कठिनता से वह अपना भार नीरजा पर पड़ने से रोका था। जहाज़ दूसरी ओर को डोला तो नीरजासहित धीरज उधर को ही जा पड़ा। केबिन अधिक बड़ा नहीं था। जिधर भी ये लोग गिरते, उधर ही दीवार की रोक थी। नीरजा को कमर से पकड़ते धीरज बोला, "बाहर चलो जल्दी से, बाहर चलो।" नीरजा को फिर से कै हो रही थी। कठिनाई से धीरज उसका सिर पकड़े रहा। फिर घसीटता-

सा उसे कॉरीडोर में ले गया। नीरजा में शक्ति नहीं थी, धीरज उसे कसकर पकड़े था। झटका लगने पर वह हाथ की ओट दे नीरजा का प्रहार बचा जाता। कॉरीडोर पार हो गया। सबसे अधिक कठिनाई सीढ़ियां चढ़ने की थी। तभी बत्तियां गुल हो गई। धीरज बोला, "हर हालत में मुझे पकड़े रहो नीरजा, छोड़ना नहीं।" धीरज एक सीढ़ी चढ़ता और एक-एक सीढ़ी नीरजा को घसीटता जा रहा था। ऊपर का दरवाज़ा उसने कमर से धक्का देकर खोल दिया, पर अब संभल नहीं पाया। गिरा तो गिरता चला गया। टेनिस टेबल को पकड़कर रुक सका। नीरजा को कुर्सी पकड़ में आ गई। उसके पीछे भी कुछ लोग ऊपर चढ़ रहे थे। अन्यथा वह सीढ़ियों के नीचे पहुंच गई होती। ऊपर इतने झटके नहीं लग रहे थे; पर अंधेरा ही अंधेरा था। आकाश पर काले बादल थे और तेज़ बौछार नीरजा की कुर्सी तक आ रही थी। पानी ठंडा था। तभी धीरज ने हाथ का सहारा दे उसे उठा लिया। धीरज को पकड़े वह लाउंज के सबसे आखिरी कोने में पहुंची। ताज़ी हवा से उसे कै नहीं हो रही थी; पर वह भीग गई थी, कांप रही थी। धीरज बैठा नीरजा को साथ लेकर। अपना ओवरकोट उसने नीरजा पर ढंक दिया।

नारी पुरुष का सहारा पा शिशु से भी अधिक आश्रित हो जाती है। नीरजा धीरज का सम्पर्क पा बिखर गई। धीरज को कसकर पकड़े थी। धीरज की कमीज़ भीग रही थी। नीचे पानी भयानक शब्द करता जहाज़ की दीवारों से टकरा रहा था। बन्द केबिन में इतनी आवाज़ नहीं आ रही थी। खुले में सुनकर भय हो रहा था। लाउंज में जहां-तहां यात्री आपस में टकरा रहे थे। अंधकार में हाथ को हाथ नहीं सूझ रहा था। नीरजा को लगा, धीरज कुछ कह रहा है; पर पता नहीं वह गुजराती में कह रहा था या कि शोर अधिक था, नीरजा सुन नहीं पा रही थी। धीरे-धीरे उसकी पीठ

थपक रहा था धीरज। फिर एक ओर को जगह बना उसने नीरजा को कुर्सी पर लिटा दिया। नीरजा का रोना बन्द हो चुका था। अपने कोट से उसे अच्छी तरह ढंक वह एकाएक वहां से चला गया। नीरजा ने सोचा, आवाज़ दे उसे, रोक ले; पर वह नहीं दे सकी आवाज़। जहां क्षण-भर पहले उसकी सफेद कमीज़ दिखाई दे रही थी, वहां फिर से यंत्रवत् अंधकार हो गया था।

धीरज के कोट में ठिठुरती नीरजा वहीं सो गई। लगातार उल्टियों ने उसे बहुत क्षीण कर दिया था। उठी तो सुबह का उजाला फैल रहा था। सब ओर शान्ति थी। उसे समझ नहीं आया, वह कहां है। चारों ओर देखा, लाउंज में दो-एक यात्री बैठे सिगरेट पी रहे थे। दो बच्चे सोए थे। नीरजा के पैर कम्बल से ढंके थे और कम्बल के भी नीचे धीरज का ओवरकोट था। क्षण-भर में ही सचेत हो वह उठ बैठी। उठने से उसे चक्कर आ गया। तो क्या वह सारी रात यहीं सोई रही? धीरज ही दुबारा उसे कम्बल उढ़ा गया होगा। अन्यथा यहां और है ही कौन! तूफान बीत गया था। पानी निःशब्द था और सुबह का सूर्य रक्त महासागर को रक्तिम करता उदय हो रहा था।

डेनिस आया—हाथों में गर्म-गर्म कॉफी लिए। नीरजा सीधी होकर बैठी। उसका पोर-पोर दुख रहा था। कॉफी देते हुए डेनिस ने कहा, "गुड मॉर्निंग नीरजाजी! कल रात कितना खराब मौसम था!"

"नमस्कार, डेनिस भाई! आप मेरे लिए कॉफी लाए? आप-पर तो कोई असर दिखाई नहीं देता तूफान का।"

'है न कमाल? मुझे और मेहता को वोमिटिंग नहीं हुआ। हम 'रेस्क्यू-वर्क' करते रहे। ज़्यादातर लेडीज़ की तबीयत खराब हुई। नीचे जाएंगी तो देखना, कॉरीडोर सब कितने गंदे हो गए हैं। इसी-लिए ऊपर कॉफी लाया आपके लिए। जब सफाई हो ले, तभी

जाना।"

नीरजा मुंह साफ किए बिना कुछ नहीं खाती-पीती; पर उसके मुंह में इतनी दुर्गन्ध हो रही थी कि कॉफी के एक-एक गर्म घूंट को वह कुल्ले की तरह पी गई। बोली, "यह कम्बल··· ?"

"हां, यह हमारे केबिन का है। दोनों चीजें मुझे दे दें। मैं ले जाऊंगा।"

"कम्बल तो ले जाइए डेनिस भाई, पर कोट गंदा हो गया है, मैं साफ कर भेज देंगी।"

डेनिस के साथ ही नीरजा नीचे लौटी। कॉरीडोर में फिनायल की तेज़ गंध थी। केबिन में सब सामान तितर-बितर हो गया था। उसे उठाकर स्टूवर्ड बेड पर रख गई थी। कांच भी सब साफ कर दिए थे। थर्मस भीतर से चूर हो गई थी, वह वैसे ही रखी थी। नीरजा ने उसे कूड़े की टोकरी में फेंक दिया। फिर नहाई नीरजा। दो बार मंजन किया, फिर तौलिया भिगोकर धीरज का कोट जगह-जगह से रगड़कर साफ किया। नीरजा को भूख भी लगी थी। ऊपर नाश्ता करने गई। हॉल खचाखच भरा था। हर ओर तूफान की ही बात हो रही थी। डाइनिंग हॉल में बहुत-सा सामान टूट गया था। इसीसे नाश्ता भी ज़रा देर में मिला। गुप्ताजी का चेहरा एकदम सफेद हो रहा था। दाढ़ी बढ़ी थी। नीरजा के अभिवादन करने पर बोले, "तोबा है। मैंने तो सोचा, अब डूबा, अब डूबा। आप कैसी रहीं ?"

"डर तो मुझे नहीं लगा। बस, तबीयत खराब रही काफी।"

नाश्ता कर नीरजा पत्रों पर स्टाम्प लगा उन्हें लेटरबक्स में छोड़ आई। सब ओर यात्री एक-दूसरे को स्नेह से मिल रहे थे, मानो दूसरा जीवन मिला हो। भय और आतंक के बाद हृदय उदार हो जाते हैं ?

नीरजा ने नोटिस बोर्ड देखा। अदन में उतरने वाले यात्रियों

के लिए आवश्यक निर्देश थे और साथ ही प्रतियोगिताओं के इनाम घोषित किए गए थे। नीरजा को विस्मय हुआ, धीरज का कहीं नाम नहीं था। राजन को बुलाकर पूछा, "क्या डाक्टर मेहता सब मैच हार गए?"

"वह हारने वाला आदमी नहीं मिसेज वर्मा! पर वह खेला ही नहीं। किसीके कहने पर भी खेला नहीं।"

राजन चला गया और नीरजा सोचती-सी खड़ी रही। धीरज ऊपर कहीं नहीं था और नीरजा का भी मन नहीं लग रहा था। दोपहर खाने के बाद इकबाल मिला। हाथ में सेब और संतरा लिए था।

नीरजा हंसकर बोली, "क्यों इकबाल भाई! खा-पी चले और ले भी चले। बड़े पेटू हो!"

"नहीं, नीरजा बहन! यह अपने लिए नहीं, मेहता के लिए है। आज मेहता ने खाना नहीं खाया।"

"क्यों? क्या बीमार हैं?"

"बीमार-ऊमार का तो पता नहीं, पर बर्थ से नीचे ही नहीं उतरता। बहुत कहा तो कहने लगा, 'खुदा के लिए सोने दो मुझे।' सोचा, भूखा रहेगा, फल ले चलूं।"

नीरजा कुछ बोली नहीं। इकबाल भी चला गया। तभी गुप्ताजी उसे ढूंढते आ गए। आते ही बोले, "आप चलेगी न अदन हमारे साथ?"

"मैं ज़रूर जाती गुप्ताजी, पर अभी तक कल की कमज़ोरी बाकी है। और लोग तो हैं ही···।"

"नहीं-नहीं, आपको तो चलना होगा। और किसीको मैं जानता नहीं। खान साहब को कैमरे की जानकारी नहीं। आप ज़रूर चलें।"

"अच्छा।' अनमनी-सी नीरजा बोली। वह चिन्तित थी और

गुप्ताजी से उलझना नहीं चाहती थी। तीन बजे नीरजा धीरज का कोट हाथ में उठाए नीचे की मंज़िल पर आई। केबिन का नम्बर उसे मालूम नहीं था। रिसेप्शन से पता किया। दरवाज़ा सिर्फ उढ़का हुआ था, ठेलते ही खुल गया। खुले दरवाज़े को ही नीरजा ने खटखटाया।

अन्दर से कोई शब्द नहीं हो रहा था। नीरजा ने झांककर देखा, केबिन खाली लगा। उसके केबिन जितना बड़ा ही केबिन था। केवल इसमें दो बेड थे। हैंगरों में इधर-उधर कुछ कपड़े लटक रहे थे। मेज़ पर ईसू मसीह की फ्रेमजड़ित फोटो थी। नीचे की बर्थ खाली थी। धीरज़ शायद उधर सोया था।

नीरजा ने धीरे से कहा, "डाक्टर मेहता!"

'हूं' की आवाज़ आई, पर धीरज उठा नहीं।

नीरजा को खड़े-खड़े असुविधा हो रही थी। सोचा, कोट बर्थ पर रख चली जाए। तभी चेहरे से कम्बल हटा धीरज ने उधर देखा। बोला, "अरे, नीरजा, तुम!" एक ही झटके में वह बर्थ से नीचे उतर आया। बोला, "बैठो। माफ करना। मैंने सोचा नहीं था, तुम हो।"

धीरज नाइट सूट पहने था और लगता था, उसने शेव नहीं बनाया था। नीरजा कुर्सी पर बैठ गई। बोली, "कल बहुत थक गए थे शायद आप। मैंने भी आपकी नींद डिस्टर्ब की अब। यह आपका कोट लाई थी।"

धीरज ने दोनों हथेलियों से अपना चेहरा और आंखें रगड़ीं।

नीरजा ही बोली, "कल···कल आपने जो सहायता की थी, उसके लिए···" कहते-कहते रुक गई। धीरज कैसी-कैसी दृष्टि से उसे देख रहा था कि नीरजा पलक झपका नहीं सकी। उसीकी ओर देखती रह गई। निर्निमेष दोनों एक-दूसरे को देख रहे थे।

धीरज ने ही अपनी नज़र झुका ली।

धीरज उठ खड़ा हुआ। बोला, "जाना नहीं नीरजा, मैं अभी आया।"

बाथरूम की चिलमची का नल चल रहा था। दरवाज़ा खुला था और धीरज कुल्ला कर मुंह धो रहा था। नीरजा क्षण-भर पहले की बात सोच रही थी। इच्छा हुई कि चली जाए। डेनिस आ गया। नीरजा को बैठे देख प्रसन्नता प्रकट की। बोला, "आप आ गईं, अच्छा किया। यह अड़ियल मेरी बात सुनता नहीं था। कल से ऐसे ही पड़ा था, पता नहीं क्या हुआ है इसे। कहां है अब ?"

"बाथरूम में हैं।" नीरजा ने संक्षेप में कहा। पता नहीं क्यों वह स्वयं को दोषी-सा अनुभव कर रही थी।

तौलिया बेड पर रखते हुए धीरज ने कहा, "डेनिस, नीरजाजी पहली दफे हमारे केबिन में आई हैं। बोलो, क्या सेवा की जाए? कुछ है?"

"हां-हां, संतरा है, सेब भी है। इकबाल रख गया था।" डेनिस ने कहा। व्यस्त-सा वह संतरा छीलने लगा।

"अरे, मैं क्या खाने-पीने आई थी? आप खाइए। सुना है, आपने खाना नहीं खाया?" नीरजा ने प्रतिवाद किया।

'हां, आपकी आदत सीखी है मैंने।" धीरज ने हंसकर कहा। पर वह हंसी फीकी-सी थी, उसके स्वर का उत्साह बनावटी। नीरजा ने सोचा, कहीं धीरज नाराज़ तो नहीं? पर नहीं, नाराज़गी ऐसी तो नहीं होती··· तो क्या···तो क्या? एक भावना उसके हृदय में कौंध गई। उसे पिछले दो दिनों का धीरज का व्यवहार याद हो आया। वह नाराज़ नहीं, पर नीरजा से बचना चाहता है। कौतूहल से नीरजा ने धीरज को देखा। वह सेब छील रहा था और उसके चेहरे पर बड़ा भोलापन था। वह ऐसे बैठा था, जैसे स्कूल से होम वर्क न करके लाने पर विद्यार्थी बैठा रहता है, सतर्क और भयभीत अपनी गलती से अभिभूत। नीरजा को हंसी आ गई। साथ ही गोदी में रखे उसके

दोनों हाथ कांप गए। वह अपने-आपको बहुत प्रौढ़ अनुभव कर रही थी। अपनी भावना से वह आप चंचल हो रही थी। धीरज के छुईमुई जैसे व्यवहार ने नीरजा को शरारत पर उतारू कर दिया। बोली, "डॉक्टर मेहता, आप अदन उतरेंगे क्या?"

"यह डॉक्टर मेहता, डॉक्टर मेहता' कब से कहने लगीं नीरजा?" धीरज ने टोका।

"अच्छा, धीरज ही सही! बोलिए, चलेंगे अदन?" नीरजा हंस रही थी।

"क्यों, तुम जा रही हो क्या?' धीरज ने पूछा।

"हां, मैं तो जाऊंगी।'' नीरजा की आवाज़ में भी शरारत थी।

"लेकिन इतनी रात में कैसे जाओगी? कुछ ज़रूरी शॉपिंग है। क्या?" धीरज ने पूछा।

"रात होने से क्या होता है! मुझे कोई उठा थोड़े ही लेगा? शॉपिंग मुझे तो नहीं, गुप्ताजी को करनी है। उन्हींके आग्रह पर जा रही हूं।" नीरजा ने कहा।

"अच्छा, तो यह बात है! उसका इतना खयाल है आपको? हमारा आग्रह तो कभी मानती नहीं तुम।" धीरज ने उलाहना दिया।

नीरजा हंसी। बोली, "वह तुम्हारी तरह 'बोर' नहीं। क्यों डनिस भाई, गलत बात है क्या?"

डेनिस हंसकर रह गया। वह कुछ सोच रहा था। बोला, "आपका अदन जाना वास्तव में ही ठीक नहीं नीरजाजी! मेहता, तुम साथ रहना न। मुझे तो किसीसे मिलना है, अन्यथा मैं ले चलता आपको।"

धीरज कुछ नहीं बोला। नीरजा ने ही गम्भीर होते हुए कहा, "आप चिन्ता नहीं कीजिए। खान साहब और गुप्ताजी साथ रहेंगे। अच्छा, यह बताओ धीरज, अब बीमारी कैसी है?"

नीरजा की आवाज़ की शरारत धीरज ने लक्ष्य कर ली थी। उसे विस्मय हो रहा था, क्या हो गया नीरजा को। वैसे आज नीरजा के नेत्रों में स्वस्थ चमक थी, जो अब तक धीरज ने नहीं देखी थी। अन्यथा नीरजा हंसते-बोलते भी बहुधा उदास-उदास लगा करती थी। होंठ काटते हुए धीरज ने कहा, "तबीयत तो कल तुम्हारी खराब थी। मुझे क्या हुआ है?"

"इतने ही भले-चंगे हो तो चलो न चाय पीने! काहे को आसन-पाटी ले रखी है?" नीरजा ने ज़ोर दिया।

धीरज की प्रसन्नता लौट आई थी। नीरजा के व्यवहार से वह संभल गया था। तीनों ने साथ-साथ चाय पी। इकबाल नहीं दिखाई दिया। मिला तो नीरजा ने कहा, ''कहां रह गए थे इकबाल भाई?"

"एक चिट्ठी लिख रहा था नीरजाजी!" इकबाल ने इतने धीरे से कहा कि नीरजा समझ गई। मुस्करा दी वह।

चाय के पश्चात् भी नीरजा, मेहता, इकबाल और डेनिस साथ-साथ ही रहे। शाम को मिस्टर और मिसेज़ माथुर भी आ मिले। खाना खा सब अदन उतरने की तैयारी में लग गए। आज कोई भी सो नहीं रहा था।

अदन पहुंचते ही सबको उतरने की जल्दी हो रही थी। प्रायः सभी बहुत कुछ खरीदना चाहते थे। इसलिए अधिक से अधिक समय चाहते थे। जहाज़ से अदन तक पहुंचने के लिए किराये की छोटी-छोटी किश्तियां थीं। लकड़ी की सीढ़ियां पानी में उतार दी गई थीं। उन्हींके सहारे संभल-संभलकर सब नावों में भर-भरके जा रहे थे। सुनसान रात्रि में नाव चलने का शब्दं बड़ा मधुर लग रहा था। और दूर से खड़ा विक्टोरिया जहाज़ ऐसे लग रहा था, मानो किसी महल पर अमावस की रात दीपावली हो रही हो। सब ओर चुप्पी थी। किनारे पर यात्रियों को उतारा गया और सब

अलग-अलग दलों में बंट टक्सियां कर अदन की ओर चले।

नीरजा की टैक्सी में खान साहब, गुप्ताजी और धीरज मेहता थे। धीरज ने कह दिया था कि नीरजा जाएगी तो वह भी जाएगा। अकेली जाने नहीं देगा। सुनकर नीरजा को कैसा-कैसा लगा। धीरज का उसपर आधिपत्य कब और कैसे हो गया था?

वैसे तो किनारे पर भी बहुत-सी दुकानें थीं; पर खान साहब बोले, "शहर में अधिक सस्ती वस्तुएं होंगी।" चारों ओर अन्धकार था, टैक्सी में कुछ विशेष दिखाई नहीं दे रहा था। शहर के निवासी निद्रा में लीन थे। केवल वहां के खास बाज़ार में दिन का सा उजाला था। बाज़ार था, मानो देहली का चांदनी चौक या लाज पतराय मार्केट! छोटी-छोटी दुकानें-ही दुकानें और दुकानों पर ऊपर-नीचे ठूंस-ठूंसकर भरा गया सामान। सबसे पहले कैमरे ही देखे गए। नीरजा को उस कैमरे का अमरीकी और जर्मन दोनों मूल्य मालूम थे। उनसे सस्ता ही था यहां। खरीदने में असुविधा नहीं हुई। नीरजा के आश्वासन पर गुप्ताजी को भरोसा हो गया। कैमरे का क्रय होते ही नीरजा ने मुक्ति की सांस ली। उसका उत्तरदायित्व समाप्त हो गया था। खान साहब और गुप्ताजी टेपरिकॉर्डर के मोल-तोल में लगे तो नीरजा दुकान से बाहर निकल आई। वह वहां का बाज़ार देखना चाहती थी। कुछ एक उपहार के लिए छोटी-छोटी वस्तुएं धीरज ने लीं। एक बैटरी से चलने वाला नन्हा-सा टेपरिकॉर्डर नीरजा ने हरीश भैया को देने के लिए ले लिया। कपड़े की दुकान में मिसेज़ शर्मा, मिस सिंह इत्यादि नाइलोन के थान खुलवा रही थीं। नीरजा को आवाज़ दे बोलीं, "देखिए, अच्छी साड़ियां हैं। केवल तीस-तीस में।"

नीरजा मुस्कराकर रह गई। साड़ियों के देश तो वह जा रही थी। साड़ियां लेकर क्या करेगी! वैसे भी पारदर्शी नाइलोन वह पहनती नहीं। उसे सिल्क ही भाती है। धीरज भी पता नहीं किधर

चला गया था। नीरजा दुकान के सामने आकर खड़ी रही। गले में पेटी डाले, एक लड़का, सीपी मोतियों के रंग-बिरंगे हार बेच रहा था। सामने एक जनरल मर्चेण्ट की दुकान थी। धीरज अभी भी नहीं आया था। नीरजा उसीमें चली गई। एक-आध लिपस्टिक उसे लेनी थी। दर पूछे, तो उसे विस्मय हुआ। अमरीका की बनी वस्तुएं अमरीका से सस्ती अदन में थीं। उसे शंका हुई, कहीं नकली तो नहीं? नीरजा का असमंजस देख दुकान का मालिक धीरे से बोला, "आपके पास डॉलर हैं या लीरा?"

"डॉलर।" विस्मय से नीरजा ने उत्तर दिया। उसे पश्चात्ताप हुआ, क्यों अकेली पड़ गई। पता नहीं कैसे-कैसे लोग होंगे यहां!

"तो आपसे कुछ कम ही चार्ज करेंगे। आप जो चाहें, ले लें।" नीरजा की समझ में आ गया कि डॉलर यहां ब्लैक रेट पर बिकता होगा। उसने कुछेक वस्तुएं ले लीं। एक सेण्ट की बढ़ियां-सी शीशी भी अपनी छोटी बहन के लिए।

दुकान से निकलते ही नीरजा को घबराहट होने लगी। सब लोग किधर चले गए! न धीरज का पता था, न गुप्ताजी का। मिसेज़ शर्मा भी जा चुकी थीं। नीरजा जल्दी-जल्दी उधर को चली, जिघर टैक्सी से ये लोग उतरे थे। उसे स्वयं पर क्रोध आ रहा था, क्यों आई यहां? अगर जहाज़ छूट गया तो क्या होगा? कौन जानेगा, नीरजा वर्मा नहीं लौटी? तभी किसी ने बांह पकड़कर उसे खींच लिया। चीख निकलती रह गई नीरजा की। धीरज विक्षुब्ध-सा उसे देख रहा था, "कहां चली गई थीं नीरजा? मेरे तो प्राण सूख गए। कब से ढूढ़ रहा हूं।"

नीरजा की आंखें छलछला आईं। वह भी गुस्से से बोली, "अच्छा, तो यह बात है! स्वयं ही छोड़कर चले गए और अब रौब भी दिखा रहे हो!"

धीरज ने उसका कंधा थपथपा दिया, "अच्छा, चलो, अब देर

हो जाएगी।"

"गुप्ताजी कहां हैं?"

"पता नहीं कहां होंगे, तुम मेरे साथ चलो।" धीरज के साथ अकेले जाते नीरजा को भय हुआ और जब वे लोग किनारे पहुंच गए तो नीरजा को अपने पर ग्लानि-सो हुई। क्या धीरज को समझी नहीं वह?

नाव यात्रियों से और उनके द्वारा खरीदे गए सामान से भरी थी। बड़ी कठिनता से बैठ पा रही थी नीरजा। धीरज ने कहा, "मैं पानी छू सकता हूं। कहो, तो तुमपर डाल दें थोड़ा-सा?"

"पहले ही सर्दी में मरी जा रही हूं और निमोनिया करोगे तुम।"

"मेरी गाना गाने की इच्छा हो रही है।"

"गाओ न फिर! गाना भी आता है?"

"सीखूंगा तुमसे! सिखाओगी?"

"कौन उलझे तुमसे! तुम्हें तो डाक्टर के स्थान पर वकील होना चाहिए था।"

जहाज़ पर पहुंच धीरज़ ने पहले नीरजा को केबिन में पहुंचाया, फिर स्वयं गया। तीन बज चुके थे। जब तक नीरजा कपड़े बदल कर चुकी, जहाज़ आगे के लिए चल पड़ा था। तभी नीरजा को खयाल आया, डाक आई होगी। उसकी कोई चिट्ठी आई क्या? कंधे पर शॉल डाल नीरजा सर्विस रूम में आई। वहां एक स्टूवर्ड बैठा कुछ लिख रहा था। पूछने पर बताया, "नीरजा का एक पत्र और पैकेट आया था। नीरजा की ड्रेसिंग टेबल की दराज में पड़ा है।

पत्र हरीश भैया का था। उसी में मां ने भी लिखा था। बहुत प्रसन्न थे वे लोग नीरजा के आगमन की आशा में। हरीश उसे लेने बम्बई आएगा। किसी बात की चिन्ता वह न करे। नीरजा ने पैकेट खोला, शायद सुकान्त का पत्र पैकेट में हो; पर उसमें पत्र

नहीं था। एक गाउन था बस, सुकान्त का भेजा हुआ। कुछ देर नीरजा गाउन को लिए बैठी रही। फिर हेंगर में लगा दिया। सफेद रंग की लेस से टंका हलके हरे रंग का गाउन था, जैसे हरी दूब होती है, नई और ताज़ी। सरसराहट की आवाज़ करता गाउन का कपड़ा हिल रहा था। सरसराहट ने नीरजा को कहां का कहां पहुंचा दिया···ऐसे कितने ही गाउन की सरसराहट नीरजा ने सुनी है पिछले तीन वर्षों में। सुकान्त को बहुत शौक है नीरजा के लिए सुन्दर-सुन्दर गाउन लाने का और लाकर पहनाने का। सभी तरह के गाउन वह उसके लिए लाता रहा है। बिना बांहों और बन्द गले के गाउन, पूरी बांहों और खुले गले के गाउन, सिल्क और नायलोन के गाउन, कढ़े हुए, छपे हुए—सभी तरह के तो! सुकान्त का अपने प्यार को प्रकट करने का एक यह भी तरीका था। वह एक गाउन लाता और बड़े प्यार से नीरजा को पहनाता, कहता, "एकदम परी-सी लगती हो तुम नीरू! ठीक वैसी, जैसी मैं बचपन में कहानियों में पढ़ा करता था और सपनों में देखा करता था। सिर्फ परों की कमी है। और फिर वह नीरजा को गुड़िया की तरह गोदी में उठा लेता, कहता, "मेरी परियल धरती पर नहीं चलती न!"

नीरजा खीझकर कहती, "कौन कहेगा, तुम तीस बरस के होने जा रहे हो? एकदम बच्चे हो अभी।''···"अपनी नीरू रानी की गोदी में छुपकर मैं इतना ही बड़ा रहना चाहता हूं। और बड़ा होकर क्या करूंगा···?"

नीरजा उदास-उदास-सी गाउन को देखती रही। अवश्य ही सुकान्त ने उसे बहुत याद किया होगा।

नीरजा सोई नहीं। पड़ी-पड़ी करवटें बदलती रही, उसे बहुत-सी बातें याद आ रही थीं···।

जहाज़ विक्टोरिया ज्यों-ज्यों गंतव्य स्थान के निकट पहुंच रहा

था, त्यों-त्यों डेक पर टांज़िस्टर, रेडियो की भीड़ होने लगी थी। प्रायः सभीके पास ट्रांज़िस्टर थे और सब ऊपर लाकर खुली हवा में भारत और पाकिस्तान से संगीत का कार्यक्रम सुनने का यत्न कर रहे थे। किसीको पांच वर्ष में और किसीको चार वर्ष में यह सौभाग्य नसीब हो रहा था। जिसके रेडियो में लाहौर या देहली इत्यादि आ जाता, वहीं भीड़ हो जाती। इसपर नीरजा स्वयं को इस भीड़ में अकेली अनुभव करने लगी थी। अभी तक उसका समय अच्छा कट गया था धीरज के सहारे, पर अब धीरज कुछ बदल गया लगता था। वह उधर नहीं आता, जिधर नीरजा को देख लेता। वह जानबूझकर ऐसा कर रहा है, यह नीरजा समझ गई। नीरजा ही उसके पास जाती तो बोलता था और तब बहुधा इकबाल, डेनिस, राजन इत्यादि साथ रहते थे। कराची आने में अभी दो दिन और बाकी थे। बोर हो गई, तब वहां ऊपर भी जाना बन्द कर दिया नीरजा ने।

वह सारा दिन नीचे ही पड़ी रही थी और अपने छोटे-से बैटरी वाले टेपरिकॉर्डर में अपने ही गाने गा-गाकर भरती रही थी। शाम तक उसका शरीर थक गया बर्थ पर पड़े-पड़े। सोचा, चाय पी जाए गर्म-गर्म। उठकर ऊपर चली आई। डाइनिंग रूम का दरवाज़ा खोलते ही उसकी नज़र सामने टेबल पर बैठे धीरज पर पड़ी; पर वह गई नहीं उधर। दूसरी ओर को मुड़ गई। इससे पहले कि नीरजा किसी और टेबल पर बैठ पाती, डेनिस ने रोक लिया। चलिए, चाय हमारे साथ पीजिएगा।"

डेनिस का अनुरोध नीरजा टालना नहीं चाहती और फिर इतने लोगों में से होता हुआ वह उसे बुलाने आया था। नीरजा बैठी तो इकबाल बोला, "खूब रही नीरजा बहन! कल-भर का साथ तो और रह गया है। आप अभी से कतराने लगीं हमसे!"

"आपसे नहीं इकबाल भाई! यह आपके डॉक्टर साहब हैं न,

इन्हें हमारा सम्पर्क काटता है। डर लगा, कहीं यह बाइज़्ज़त बैठने से मना कर दें। इसीसे नहीं आई इधर मैं।"

"क्यों मेहता, तुम लड़े हमारी नीरजा बहन से?" इकबाल ने कृत्रिम क्रोध से पूछा।

"गुनहगार को सब कबूल है।" धीरज ने इतनी भोली अदा से सिर झुकाकर कहा कि नीरजा हंस पड़ी। उसके प्याले की चाय छलककर उसकी साड़ी पर आ गिरी। प्रिंटेड सिल्क की बादामी साड़ी पहने थी वह। आज गर्मी ज़्यादा थी। बिना बांहों के ब्लाउज़ में उसकी इकहरी कमर और भी पतली लग रही थी। बड़ा सुन्दर जूड़ा बांधा था नीरजा ने। मेज़ पर शीशे के फूलदान में नर्गिस के फूल सजे थे। प्रायः बन्दरगाहों पर जहाज़ी कम्पनियां जहाज़ों के लिए फूल लेती हैं और जब तक अगली पोर्ट पर जहाज़ रुकता है, इन्हीं फूलों को पानी बदल-बदलकर रखा जाता है। धीरज का ध्यान बार-बार उचट जाता था। उसकी इच्छा हो रही थी, ढेर-से नर्गिस के फूल एक-एक कर वह नीरजा के बालों में सजा दे और फिर सुगन्ध से महके उसके सर को दोनों हाथों में लेकर सूंघ ले।

धीरज ने प्याले में चाय डाली और बिना चीनी डाले पी गया। पता नहीं क्या हुआ है उसे आजकल, ऐसी-ऐसी बातें सोचा करता है वह।

डेनिस और इकबाल कश्मीर-समस्या को लेकर विवाद में लगे थे। वे कोई हल ढूंढ़ लेना चाहते थे। नीरजा विवाद में कोई भाग नहीं ले रही थी। वह सोच रही थी, सामान्य स्थिति में हर सामान्य व्यक्ति लड़ाई-झगड़ों और वैमनस्य से दूर रहना चाहता है। फिर भी कोई देश-काल इन झगड़ों से अछूता नहीं। कैसी विडम्बना है!

नीरजा फिर लौटकर केबिन में नहीं गई। ऊपर बैठी कान्ति से बातें करती रही। कान्ति उसे अच्छी नहीं लगती थी। पर कोई निदान नहीं था, बठी रही। कान्ति बहुत डर रही थी कि न जाने

कितनी कस्टम ड्यूटी उसे देनी होगी। वह गिना रही थी कि वह इतना सामान ले जा रही है। नीरजा ने उकताकर पूछा, "कान्ति-जी! क्या करेंगी इन सबका?"

"भई वाह! देहली में ऐसा सामान किसीके पास नहीं होगा। जब तक रहेंगे, इस्तेमाल करेंगे। आए कभी फिर यूरोप तो बेच आएंगे।"

नीरजा चुप हो गई।

जहाज़ का जीवन ब्रेकफास्ट, लंच, टी और डिनर—इन्हीं चार भागों में विभाजित रहता है। इन चारों विभाजनों के मध्यवर्ती समय में कुछ नहीं, यहां तक कि तारीख और दिन भी कुछ दिन बाद याद नहीं रहते।

नीरजा की मन:स्थिति अजीब-सी है। वह रात गए तक डेक पर बैठी रही। ग्यारह बजे रेडियो सीलोन से आखिरी गीत सुनने वाले भी जो यात्री शेष रह गए थे, नीचे सोने के लिए चले गए, जब वह उठी। सुनसान में बैठते-उठते उसे भय तो नहीं लगता, पर अच्छा भी नहीं लगता। समय देख आश्चर्य हुआ, क्यों वह बैठी रही इतनी देर? क्या धीरज की प्रतीक्षा थी? धीरज तो आया नहीं। नीरजा झल्ला उठी, क्यों सोचती है उसके विषय में? धीरज यदि उसके पास आकर बैठता-उठता तो नीरजा सशंकित हो जाती। स्वयं ही चली आती उसके पास से। पर धीरज नहीं आया, नहीं बोला तो उसे क्षोभ हो रहा है? क्यों मगर?

अगले दिन सुबह उसके केबिन में आया वह। नीरजा पड़ी टेप-रिकॉर्डर में रिकॉर्ड किए अपने गाने सुन रही थी। धीरज को देख उसे बन्द करने को हाथ बढ़ाया। धीरज ने रोक दिया, "सुनने भी नहीं दोगी क्या?"

गीत समाप्त हो गए तो धीरज ने टेपरिकॉर्डर पर से टेप उठा ली। उसे जेब में रखते देख नीरजा सकपकाई। बोली, "यह क्या

कर रहे हो?"

"इसे ले जा रहा हूं।"

"भले आदमी, जिसकी चीज़ हो, उसको पूछ तो लिया करो।" नीरजा नाराज़ थी।

"पूछने से फायदा क्या नीरजा! तुम 'हां' कहो चाहे 'ना', मैं वापस करने वाला नहीं हूं। अच्छा सुनो, मैं कहने आया था कि कल हम कराची पहुंच जाएंगे…।"

"मुझे मालूम है।" नीरजा ने टोक दिया। उसे चिढ़ हो रही थी आज धीरज से। समझता क्या है अपने-आपको!

"सो तो मुझे पता है कि तुम्हें मालूम है। कहना यह है कि आज इकबाल को पार्टी दे रहे हैं हम। यानी तुम, मैं और डेनिस। वैसे आज कैप्टन की तरफ से भी यात्रियों को स्पेशल डिनर, डांस का निमन्त्रण है। डिनर के बाद हमारे साथ रहना।"

"जहां तुम हो, वहां मैं जाना नहीं चाहती। मैं अपने-आप इकबाल को विदा दे दूंगी। पार्टी-वार्टी तुम देते रहो।"

"मैं उससे कह चुका हूं, उसे बुरा लगेगा।"

"तो मैं क्या करूं! इतने 'ओवर कान्फीडेण्ट' क्यों हो? मुझसे पूछ तो लिया होता।" धीरज की क्रोध से तनी भवें देख उसे प्रसन्नता हुई। उसकी आंखें चमक उठीं। कुछ देर धीरज खड़ा-खड़ा नीरजा को ताकता रहा। नीरजा सांस रोके उसे देख रही थी। पता नहीं क्या था धीरज की दृष्टि में कि उसने अपराधिन-सी नज़र झुका ली। धीरज मुड़ा और चला गया। बोला भी नहीं।

नीरजा रोई-रोई हो गई थी। और रोते-रोते आप ही खिल-खिलाकर हंस पड़ी। क्या बचपना है यह भी! उसने उठकर मुंह धो डाला।

फर्स्ट क्लास के डेक पर उसने एक 'गिफ्ट-शॉप' देखी थी। पर्स में चैक-बुक रख नीरजा ऊपर गई। इकबाल की रुक्कइया बेगम के

लिए उसने एक रोएंदार स्पेनिश शॉल खरीदा और डेनिस के लिए चाभी के रिंग में लटकती मोटी-सी मुस्तक उसे अच्छी लगी। साथ ही उसने एक नन्हा-सा विक्टोरिया जहाज़ भी खरीद लिया। ठीक बड़े जहाज़ का 'मिनिएचर' था। नीरजा को बड़ा अच्छा लगा। सदा याद बनी रहेगी इस यात्रा की।

डिनर के लिए नीरजा बड़े यत्न से तैयार हुई। उसने अपने पसन्द की नीली साड़ी निकाली, जिसपर चांदी के फूल खिले थे। ऊंची एड़ी की सैंडिल और हीरे का अपना नेकलेस, कानों में लम्बे बुन्दे। बालों को कुछ ऊपर उठाकर उसने लम्बा जूड़ा बनाया। बिना बांहों का ब्लाउज़ पहना। आज बहुत दिन बाद नीरजा ने ढंग से श्रृंगार किया। अन्यथा इतने दिनों में तो जैसे संवरना वह भूल ही गई थी। उसकी इच्छा ही नहीं होती थी। अदन से जो सेण्ट वह लाई थी, उसमें भिगो उसने हलका-सा स्पर्श कनपटी के पीछे और कलाई पर लगाया। बड़ी भीनी सुगन्ध थी उस सेण्ट की, जैसे किसी चांदनी रात को बेला के कुंज में भटकती हवा में होती है।

खाने के लिए पहुंचने में उसने जानबूझकर देर कर दी। अच्छा है, धीरज मन ही मन बिगड़ ले थोड़ा। डाइनिंग हॉल में अंधेरा था। आज डिनर कैण्डल लाइट में दिया जा रहा था। नीरजा तेज़ प्रकाश से भरे कॉरीडोर में से होकर आ रही थी। एकाएक कुछ दिखाई नहीं दिया। आज यात्री अपनी इच्छा से टेबल चुनकर बैठे थे। जिस मेज़ पर नीरजा बैठती थी, वह अन्य लोगों से भरी थी। खाने के साथ आज 'वाईन' दी गई थी। एक बड़ी मेज़ पर ताज-महल की शक्ल का केक तैयार कर रखा गया था। उसमें बिजली के छोटे-छोटे बल्ब जगमगा रहे थे।

डेनिस उठकर आया और जगह बनाता नीरजा को अपने साथ ले गया। इकबाल ने उसके लिए कुर्सी रखी थी। केवल धीरज चुप था। वह केवल नीरजा को देख रहा था। नीरजा भी समझ रही

थी। कभी-कभी शरारत-भरी नज़र से उधर देख लेती। नीरजा को वाईन की आदत नहीं थी। उसने जूस लिया। मेज़ के वीचोबीच, आतिशदान था। उसमें कुछ झुकी चार मोमबत्तियां जल रही थीं। मोमबत्ती की रोशनी में रात को खाना खाने का रिवाज नीरजा को वैसे भी बहुत रोमांटिक लगता था। हलके प्रकाश में नीरजा के कर्णफूल जगमगा रहे थे।

इकबाल प्रसन्न भी था और उदास भी। बोला, "मुझे तो बहुत बुरा लग रहा है यह सोचकर कि शायद हम लोग फिर कभी न मिल सकें। मैंने देखा है कि जिन लोगों से सही मानो में दोस्ती हो जाती है, उनसे साथ भी जल्दी छूट जाता है। पता नहीं क्यों होता है ऐसा!" शमादान के ऊपर से होती धीरज और नीरजा की दृष्टि क्षण-भर को टकराईं, जैसे गाड़ी को पकड़ने की जल्दी में दो मुसाफिर। नीरजा अपने गिलास को हाथों में घुमाने लगी। बोली, "अपने निकाह की 'इनवीटेशन' देना नहीं भूलना इकबाल भाई! हम आप दोनों के लिए दुआ मांगेंगे।"

"रुक्कइया का खत आया था नीरजा बहन! वह आपको सलाम लिखती है, और लिखा है, कभी कराची आइएगा।"

"उससे हमारा शुक्रिया कह देना।"

खाना खाने के बाद सब डाइनिंग हॉल से बार-रूम में आ गए। धीरे-धीरे हंसी-मज़ाक का मूड लौट रहा था। कार्यक्रम फैंसी ड्रेस से आरम्भ होना था। उसमें कुछ देर थी। डेनिस भाई भी उसमें भाग ले रहे थे। इकबाल भी उनकी सहायता करने नीचे चला गया। बार-रूम में चारों ओर कुर्सियां-मेज़ें लगा दी गई थीं और बीच से फैंसी ड्रेस और डांस के लिए खाली कर दिया गया था। अभी बार प्रायः खाली था। जो कार्यक्रम में भाग ले रहे थे, वे कपड़े बदलने गए थे। कुछ देर धीरज और नीरजा चुपचाप बैठे रहे। आरकेस्ट्रा वाले साज़ मिला रहे थे। नीरजा उन्हींको देख रही थी और धीरज

नीरजा को। बोला, "तुम तो आ नहीं रही थीं?"

नीरजा ने उत्तर नहीं दिया पहले तो। फिर उसकी ओर भरपूर नज़र डालती बोली, "कहो तो अब चली जाऊं?"

"मेरे कहने पर आई नहीं, अब जाने की मुझसे क्यों पूछती हो?"

"और किससे पूछूं धीरज?" नीरजा के होंठ कांप गए। उसने पैंतरा इतनी तेजी से बदला था कि धीरज संभाल नहीं सका। उसने दांत भींच लिए, जैसे स्वर को बाहर आने नहीं देगा। उठकर चला। "कुछ पियोगी? अभी लाता हूं।"

धीरज के जाते ही भाटिया उधर आया। बोला, "बैठ सकता हूं?"

"बैठिए।" संकोच से नीरजा ने कहा।

"आपकी साड़ी एकदम वंडरफुल है, वेरी प्रेटी!"

"थैंक यू।" नीरजा सिमट-सी गई अपने-आपमें।

"आप पहला डांस मेरे साथ रखिए मिसेज़ वर्मा!"

"मिस्टर भाटिया, मुझे तो बहुत कम डांस आता है। कभी नाचती नहीं मैं।" उसके मुंह से गंध आ रही थी और नीरजा को उबकाई।

अजीब-सी दृष्टि से उसकी ओर देखता हुआ भाटिया उठ गया।

डेनिस भाई को तैयार करवा इकबाल लौट आया। डेनिस ग्रीन रूम में रह गया था। धीरज सबके लिए कुछ पीने को ले आया तब तक। बोला, "भाटिया क्यों आया था?"

"ऐसे ही बोर कर रहा था।" नीरजा ने कहा। धीरज ने आगे नहीं पूछा।

फसी ड्रेस में बहुत-से लोग बहुत-से वेश में आ रहे थे। सब्ज़ी वाले से लेकर स्पेनिश ड्रेस तक सभी में यात्री थे। एक जर्मन लड़की बीतनिक की ड्रेस में थी और बड़े हाव-भाव से चल रही थी। फिर

मिस सिंह आईं। वह पहाड़िन बनी थीं। कत्थई गोटा टंके लहंगे पर हरी किनारी वाली चुन्नी उन्होंने ओढ़ी थी और तंग चोलीकट नीला ब्लाउज़ पहना था। अपने छोटे-छोटे कटे बालों को यत्न से उमेठकर बांधा था। पता नहीं कहां से बटोरकर इकट्ठी की बहुत-सी पाजेबें, इत्यादि वह गले और पैरों में पहने थीं। शक्ल से तो सुन्दर थीं ही मिस सिंह। आज मेकअप में और भी अच्छी लग रही थीं। छोटी-सी टोकरी में लाल सेब रखे थे। वह बड़े हौले-हौले चल रही थीं और यहां-वहां रुककर सेब देती जाती थीं। निर्णायकों की मेज़ के पास वह धम्म से पसरकर बैठ गईं और हाथ नचा-नचाकर सेब दिखाने लगीं। सारा हॉल हंसी से गूंज रहा था। तभी डफली बजने लगी। लम्बी-सी सफेद दाढ़ी वाले सफेद चोगा पहने गले में मनकों की माला लटकाए, 'शरण तुम्हारी हम आए प्रभुजी...' गाते डेनिस भाई आए। उनके भजन की मधुरता सारे हॉल में तिर गई। एकदम पहचाने नहीं जा रहे थे वह। मिस सिंह और डेनिस दोनों ने शो जीत लिया था, ऐसा सहज ही अनुमान हो रहा था। डेनिस की सफलता से नीरजा, इकबाल और धीरज सभी प्रसन्न थे। यात्रियों की ओर से राजन ने उठकर कैप्टन का धन्यवाद किया और ज़हाज़ पर प्राप्त सुविधाओं के लिए प्रशंसा की। अन्त में कैप्टन ने अपनी शुभकामनाएं प्रकट कीं और कृपा-भाव बनाए रखेंगे, ऐसी आशा दिखाई। पारितोषिक वितरण के बाद कान्ति एक गीत सुनाने की फरमाइश हुई।

प्रोग्राम समाप्त होते ही आरकेस्ट्रा बजने लगा। धीरज नीरजा की ओर देख रहा था। हॉल पर कुछ पश्चिमी जोड़े थिरकने लगे थे। जो लड़की बीतनिक बनी थी, वह उसी वेश में अपने से बहुत लम्बे पाकिस्तानी लड़के के साथ नाच रही थी। इकबाल बोला, "आपको तो नाच आता होगा नीरजा जी?"

"सीखा तो था इकबाल भाई, पर अभ्यास नहीं रहा कुछ।"

नीरजा ने कहा।

अभी तक कोई भारतीय लड़की नहीं उठी, आप ही उठिए न!'' इकबाल ने अनुरोध किया।

"क्या आप चलेंगे साथ?"

"नहीं, मैं कहां जानता हूं यह सब, फुर्सत ही नहीं हुई कभी सीखने की। धीरज, तुम जाओ।"

"वाह, खूब! यह हमारे साथ नाचना नहीं चाहते और आप इनकी वकालत करने लगे हमारे लिए।" नीरजा की इच्छा डांस की थी नहीं, पर उसने छेड़ा धीरज को।

बड़ी गंभीरता से हाथ बढ़ाकर बोला धीरज, "आओ नीरजा!"

नीरजा सकपका गई। उठी। शरारत उसीकी थी। उठकर बोली, "मगर धीरज, मुझे बहुत दिन हो गए, गलत हो गया तो?"

"कुछ ही देर में सध जाओगी।"

धीरज उसे अपने से शिष्ट दूरी पर रखे था। नीरजा का संकोच जाता रहा। बाल-रूम डांस की वह बहुत शौकीन है। जब कॉलेज में थी, तभी सीख डाला था, उसने भैया के पीछे पड़। उसका मूड बन गया और धीरज भी तो कितना निपुण था! प्रशंसा के स्वर में बोली, "बहुत अच्छा नाचते हो धीरज!"

"इंगलैंड में डॉक्टरी की पढ़ाई में यह भी शामिल समझो।" धीरज अभी भी कुछ गंभीर था। तभी भाटिया और मिसेज सिंह भी आ गए। नीरजा की दृष्टि उधर गई तो बहुत व्यंग्य-भरी नज़र से भाटिया ने उसे देखा। नीरजा ने फिर नहीं देखा उधर।

धीरज और नीरजा की गति का ऐसा मेल बैठा था कि नीरजा को कुछ यत्न नहीं करना पड़ रहा था। धीरज जैसे उसे स्वयं ही लिए जा रहा था। बहुत हलकी हो आई थी वह। कमरे की बत्तियां मद्धिम कर दी गई थीं। चारों ओर बैठे यात्री अपनी इच्छा का पेय ले रहे थे। आधुनिक 'चा-चा-चा' इत्यादि का नम्बर आया तो

नीरजा ने बस कर दी। उसे यह नये-नये हुड़दंग वाले नृत्य नहीं भाते। बाहर निकल आई वह। वही भाटिया उससे टकरा गया। कटाक्ष करता बोला, "आप तो कभी नाचती नहीं थीं या कुछ कमी मुझमें पाई?"

जो अभद्र संकेत उसकी आवाज़ में थे, नीरजा से छुपे नहीं थे वे। धीरज ने बाज़ू पकड़ धकेल दिया, ''चलो, इकबाल बुला रहा। है।" टेबल पर आकर बोली, "इकबाल भाई! मेरे सिर में दर्द हो गया है। आदत नहीं न नाचने की! आप लोग बैठिए, जाने से पहले सुबह आऊंगी उधर मैं।" नीरजा जल्दी से कमरे के बाहर निकल गई। घड़ी एक बजा रही थी। वह किसी भी तरह एक क्षण को भी रुकना नहीं चाहती थी और···।

केबिन में लौटकर जाने कब तक वह बैठी रही। शीशा टूटने की झनझनाहट के बाद जो चुप्पी छा जाती है, कुछ वैसी हो गई थी। केबिन का दरवाज़ा खोल धीरज भीतर आया। तब भी वह वैसी ही बैठी रही। न बोली, न हिली। कमरे में बत्ती भी उसने जलाई नहीं थी।

धीरज ने किवाड़ बन्द कर अन्दर सांकल लगा दी। कुछ देर खड़ा-खड़ा नीरजा को देखता रहा। बोला, "मैं बहुत शर्मिन्दा हूं, मेरी वजह से तुम्हें इतनी बात सुनने को मिली।"

नीरजा कुछ बोली नहीं। उसके पास आकर देखा धीरज ने, वह रो रही थी। नीरजा के दोनों हाथों को कसकर पकड़ते हुए बोला, "मैं उसका सिर तोड़ देता नीरजा, सिर्फ इतने लोगों में 'स्कैण्डल' खड़ा करना नहीं चाहता था। अपनी चिन्ता मुझे नहीं। तुम्हारा ही खयाल···।"

"मेरा खयाल तुम्हें कब से रहने लगा?" पता नहीं क्यों कह दिया नीरजा ने। भाटिया का क्रोध वह धीरज पर उतारना चाहती थी। धीरज ने दोनों हाथ छोड़ दिए। उसके पास बैठ गया वह।

पोर्ट होल से झीनी रोशनी नीरजा पर पड़ रही थी।

हाथ बढ़ाकर धीरज ने उसके आंसू पोंछ दिए। भर्राई आवाज़ में बोला, "मेरे व्यवहार से तुम्हें कष्ट हो रहा है, मुझे पता नहीं था नीरजा! मैं तो खुद से भाग रहा था, इसीलिए तुमसे भी दूर रहता था। कितने यत्न की आवश्यकता थी उस में! नीरजा, परसों यह सफर भी समाप्त हो जाएगा। कह ही दूं, जिसे न कहने के लिए कितनी बार मैंने होंठों को काट लिया। नीरजा! आई लव यू डार्लिंग, आई लव यू एण्ड आई काण्ट स्टैण्ड इट एनी मोर (मैं तुम्हें प्यार करता हूं। और अब और सह भी नहीं पा रहा)। अभागा हूं, जिसे भी चाहता हूं, वही अप्राप्य हो जाता है। मैंने गर्व से कसम खाई थी कि कभी प्यार नहीं करूंगा, बहुत-सी घड़ियां पश्चिम में रहकर आईं, पर मुझे छू नहीं सका कुछ भी। और तुम्हें देखते,...याद है वह सुबह, जब तुम धूप में बाल सुखी रही थीं...मैं सो नहीं सकता, पड़ा रहता हूं, स्वयं को कोसता रहता हूं। नीरजा, तुम बोलती क्यों नहीं? डांट क्यों नहीं देतीं मुझे? नीरजा, बोलो, क्या पाप है यह? तुम्हें प्यार करना पाप है क्या? मैं सोचते-सोचते पागल हुआ जाता हूं।"

सुबककर धीरज ने नीरजा के कंधे में अपना सिर टिका दिया। उसके गीले चेहरे से नीरजा का कंधा भीग गया था। उसने उंगली से उसका सिर उठा दिया ऊपर और नीरजा को धीरज ने अपने पार्श्व में छुपा लिया। एक ही क्षण में हो गया सब...इतनी कसकर पकड़े था धीरज ने नीरजा को कि वह चाहती तो भी मुक्त नहीं हो सकती थी। मुक्त करवाने लायक आत्मबल भी उसमें नहीं रह गया था। कितने ही चुम्बन उसने अंकित कर दिए नीरजा के बालों पर, कानों पर, आंखों पर..."नीरजा, माई डियरेस्ट:.." वह अंग्रेज़ी में बड़बड़ा रहा था। अन्तिम बार उसके माथे को चूम एकाएक धीरज उठ खड़ा हुआ। केवल हाथ पकड़े

रहा। नीरजा, तुम बहुत अच्छी हो नीरजा! तुम्हें अच्छा ही रहना चाहिए···।"

नीरजा चेतन होते हुए भी अचेत-सी बैठी थी। उसका कम्पन अभी रुका नहीं था और कमर में रीढ़ की हड्डी नहीं, पानी की लकीर थी, जो नीरजा को संभालने में असमर्थ थी। सैंडिल उतारे। बिना कम्बल ओढ़े नीरजा पड़ी रही। उसके माथे पर रखे हाथ में बंधी घड़ी टिक-टिक करती जो वर्तमान था, उसे भूत और जो कल था, उसे आज करती जा रही थी। सोचने-समझने की शक्ति उसमें नहीं थी। सिर्फ आंसू उसके बाल भिगोते बह रहे थे। निःशब्द रोने से नीरजा की हिचकी बंध चली···सुकान्त···सुकान्त ···मैं वापस आ रही हूं सुकान्त! मुझे माफ कर देना सुकान्त···! मैं आ रही हूं। अब कभी कहीं नहीं जाऊंगी...।

इकबाल सबसे विदा ले चुका था। कराची उतरने वाले यात्री एक-एक कर एक निश्चित स्थान पर अपने कागज़ों सहित जमा हो रहे थे। नीरजा अभी तक दिखाई नहीं दी। इकबाल ही उसके केबिन की ओर गया। द्वार भीतर से बन्द नहीं था। नीरजा अभी भी बिस्तर में सोई थी। इकबाल को निराशा हुई। नीरजा से बिना विदा लिए जाना होगा।

आहट से आंखें खोलीं नीरजा ने। इकबाल को देख उठ बैठी।

"माफ कीजिए, नींद में खलल डाला।···अरे, तबीयत ठीक नहीं क्या? कैसी हो रही हो, नीरजा बहन?'' इकबाल ने नीरजा की सूजी आंखों को देख चिन्ता से पूछा।

"कुछ नहीं, ज़रा ठीक से नींद नहीं आई रात। आप रुक्कइया भाभी के लिए यह तोहफा मेरी तरफ से लेते जाइए इकबाल भाई!" नीरजा उठकर शॉल का पैकिट उसे दे दिया। नीरजा उसके साथ कॉरीडोर तक गई।

इकबाल ने कहा, "ऊपर नहीं आना, आपकी तबीयत ठीक नहीं मालूम पड़ती।"

इकबाल को विदा कर नीरजा केबिन बन्द कर फिर लेट गई। जहाज़ खड़ा हो गया था और चारों ओर शान्ति थी। एक-एक कर उसे कल की घटनाएं याद आ रही थीं। एक विचार उसके मस्तिष्क में कौंध गया—इस सबके लिए उत्तरदायी वही है, धीरज नहीं। उसे अपने आचरण पर विस्मय हो रहा था, क्या···क्या सुकान्त के प्रति किसी क्षोभ से प्रेरित हो उसने यह बदला लिया है? क्या वह प्रतिशोध की इच्छुक थी? अपने अर्धचेतन से उठा यह विश्लेषण उसे कोड़े की तरह पड़ा। घूमता सिर पकड़कर बैठ गई। "हे भगवान!"

सुकान्त तो उसके सागर जैसे जीवन का सीमान्त था! सुकान्त के दोनों कगारों में वह बंधी थी। और धीरज सागर-सतह पर चट्टान-सा था, जो झंझावात बीत जाने पर सागर में ही समाती जा रही थी।

दिन-भर कराची की बन्दरगाह पर खड़ा रहकर जहाज़ सांझ को बम्बई की तरफ चल दिया। सारा दिन और रात चलकर अगले दिन पौ फटते ही बम्बई पहुंच गया। नीरजा खड़ी-खड़ी पोर्ट होल से बम्बई का दृश्य देखती रही। केबिन में बन्द कर वह स्वयं को सज़ा दे रही थी मानो। केवल एक बार अपना पासपोर्ट जमा करवाने वह ऊपर गई। धीरज के सामने वह नहीं पड़ी। पता नहीं वह स्वयं कहां था। अपने केबिन में बन्द अटैची, सूटकेस नीरजा ने कॉरीडोर में खिसका दिए। तभी आ गए हरीश भैया। आते ही अंक में भर लिया। "तू यहीं बैठी है नीरू? मैं सारे डेक में तुझे खोजता फिरा। कैसी हो गई है? कुछ खाती-पीती भी थी? एकदम सांवली हो गई, चेहरे पर ज़रा भी रौनक नहीं। चल घर, मां ने क्या-क्या पकवान बनाए हैं तेरे लिए! दस दिन में ही

तुझे पहले-सा कर देगी।'' भैया बोलते रहे, नीरजा सुनती रही। "घर पर सबको उम्मीद है, नीरजा एकदम मेम बनकर आएगी वहां से—बाल-बाल कटवाकर, पर तू पहले से भी सिम्पल नज़र आ रही है मुझे...!"

कस्टम में घण्टा लग गया। दसियों क्यू लगे थे। जिस क्यू में नीरजा थी, धीरज उस में नहीं था। केवल टैक्सी में सामान रखवाते समय वह दिखाई दिया। नीरजा टैक्सी में बैठने वाली थी। दूर से हाथ जोड़कर उसने नमस्कार कर दिया और प्रत्युत्तर की अपेक्षा किए बिना दूसरी ओर घूम गया।

हरीश की ससुराल की रिश्तेदारी थी बम्बई में। वहीं ठहरी थी नीरजा भी। दो दिन बम्बई रहना होगा। इससे पहले के टिकट नहीं मिले। भैया योजना बना रहे थे कि नीरजा को यह दिखाकर लाऊंगा, वह दिखाऊंगा—मैरिन ड्राइव, चौपाटी, जुहू, हैंगिंग गार्डन···। नीरजा पहली बार जो आई थी बम्बई। नीरजा चुप-चाप सुनती रही। कैसे कहती कि इतने लम्बे सफर के बाद सैर तो क्या, मरने की भी इच्छा नहीं रहती, रह जाती है थकावट ही थकावट।

दोपहर के खाने के बाद बोली, "भैया, घूमने तो कल चलेंगे। मैं अभी थकी हुई हूं। कुछ काम भी है थोड़ा-सा मुझे। घण्टे-भर को कार मिल जाएगी क्या?''

"हां-हां, क्यों नहीं! मैं उमेश से पूछ देता हूं।"

तीन बजे नीरजा नीचे उतरकर कार में बैठी। ड्राईवर से अमेरिकन एक्सप्रेस कम्पनी के दफ्तर चलने को कहा। उस दिन मई महीने की बारह तारीख थी। अट्ठाईस मई, शाम पांच बजे देहली से जिनेवा जाने वाली फ्लाइट में सीट बुक करा नीरजा ने ट्रैवलर्स चैक द्वारा किराये के चौदह सौ रुपये चुका दिए। टिकट पर्स में रख उसने चैन की सांस ली। यह काम उसे भैया से बताए बिना

करना था। बता देती तो करने नहीं देते। उसका बस चले तो आज रात ही वह लौट जाए। पर आई है तो मां से मिलती चले, जाने फिर कब आना हो!

वहां से चली तो बोली, "यहां कहीं फूल मिलते हों तो लेते चलो।"

ड्राइवर ने कार गलियों-सड़कों को पार करते हुए एक कीचड़ से भरी जगह खड़ी कर दी। फूल वालों की बीसियों दुकानें थीं वहां।

नीरजा ने अपनी पसन्द के फूल छांट, छोटा-सा गुलदस्ता बनवा कागज़ में बंधवा लिया। आकर बोली, "अब स्टेशन चलना है।"

नीरजा को मालूम था, साढ़े चार बजे की गाड़ी से धीरज उस दिन जाएगा। उसका टिकट पहले से ही जहाज़ पर उसे मिल गया था। गाड़ी स्टेशन पर खड़ी हुई थी।

सेकण्ड क्लास के एक डिब्बे में बैठा धीरज शीघ्र ही दिखाई दे गया। वह हथेली पर ठुड्डी टिकाए, कुछ सोचता-सा बैठा था। प्लेट फार्म पर कौन आ-जा रहे हैं—इस ओर उसका ध्यान नहीं था। नीरजा जब कम्पार्टमेंट में उसके सामने आकर खड़ी हुई तो क्षण-भर वह समझ नहीं सका कि उसे ही देख रहा है। नीरजा के विषय में वह इतना सोचने का आदी हो गया था कि उसे यकीन नहीं हुआ, वह वास्तव में आई है, उसका खयाल नहीं।

हाथों के फूल नीरजा ने आगे बढ़ा दिए। सामने की बर्थ खाली थी। उसीपर बैठी नीरजा।

नीरजा को देखते ही धीरज रो पड़ा। बच्चों-सा बोला, "मुझसे नाराज़ हो नीरजा? नाराज़ हो तो मुआफ नहीं करना।"

"नहीं, मैं नाराज़ नहीं हूं।" नीरजा एकदम शान्त थी। ऐसी शान्त, जो पूजा समाप्त होने पर हुआ करती है।

धीरज ने अविश्वास से उसे देखा।

उसके घुटनों पर अपने हाथ को दबाती नीरजा बोली, "धीरज! मैं तुमसे नाराज़ नहीं हूं, विश्वास करो। और नाराज़गी कैसी? एक सफर के हम साथी थे। वह सफर आज समाप्त होता है, हमारा साथ भी! एक तरह से मैं तुम्हारी आभारी हूं। तुम्हारे कारण मेरे जीवन में वांछित मोड़ आ गया है। अन्यथा मैं झटके बराबर हो गई थी। अच्छा, लो यह अंगूठी। जब कभी विवाह करो तो उन्हें मेरी ओर से पहना देना।" नीरजा ने अपनी उंगली की अंगूठी उसे उतारकर दे दी।

हथेली पर रखी अंगूठी को धीरज क्षण-भर देखता रहा। अंगूठी को छोटी उंगली में पहनते हुए बोला, "क्यों दूं किसीको? इसे तो मैं पहनूंगा।"

"अरे! यह लेडीज़ रिंग···" नीरजा ने कहा।

"हां, जानता हूं, यह लेडीज़ रिंग है और देखने वाले कहेंगे, मेरे हाथ में अच्छी नहीं लगती, बुरी लगती है। जैसेकि तुम्हारे प्रति मेरे प्यार को ठीक नहीं, बुरा है, कहेंगे, पर इसका यह अर्थ तो नहीं कि मेरा प्यार, प्यार नहीं और यह अंगूठी, अंगूठी नहीं?"

धीरज की आवाज़ इतनी रूखी थी, इतनी रूखी कि नीरजा के नेत्र भर आए। गाड़ी सीटी दे रही थी। डिब्बे में बहुत-से यात्री भर आए थे। नीरजा नीचे उतर आई। शोर में आवाज़ सुनाई नहीं देती थी।

खिड़की से बाहर सिर कर, धीरज ने पूछा, "कभी पत्र दोगी?"

"नहीं।"

"याद करोगी?"

"........."

गाड़ी रफ्तार पकड़ रही थी। धीरज ने हाथ नहीं हिलाया।

नीरजा ने भी नहीं।

समाचारपत्र बेचने वाला एक बूढ़ा घूर-घूरकर प्रस्तर-सी खड़ी नीरजा को देख रहा था।

कार की सीट पर बैठती वह ड्राइवर से बोली, "बस, अब घर वापस चलो।"

OOO

हिन्द पॉकेट बुक्स

आशा है, आपने इस पुस्तक को पसंद किया होगा और आप चाहेंगे कि ऐसी ही रोचक तथा उपयोगी अन्य पुस्तकें आपको पढ़ने के लिए मिलें। **हिन्द पॉकेट बुक्स** द्वारा उपन्यास-कहानी, कविता-शायरी, नाटक, संस्मरण, यात्रा, हास्य-व्यंग्य, स्वास्थ्य-सेक्स तथा आत्मविकास आदि विभिन्न विषयों पर देश विदेश के प्रसिद्ध लेखकों की पुस्तकें प्रकाशित की गई हैं। इन पुस्तकों की साज-सज्जा और छपाई बहुत सुन्दर है, इसके बावजूद मूल्य इतना कम कि हर पाठक इन्हें आसानी से खरीद सकता है।

हिन्द पॉकेट बुक्स सभी अच्छे पुस्तक-विक्रेताओं, समाचारपत्र-विक्रेताओं, रेलवे बुक-स्टालों और रोड-वेज़ बुक-स्टालों से मिलती हैं। यदि आपको किसी तरह की कठिनाई हो तो आप सीधे हमें लिखिए। दस रुपये मूल्य की पुस्तकें एकसाथ मंगाने पर आधा डाक-खर्च अर्थात् केवल सवा रुपया चार्ज किया जाता है।